Muito tempo atrás, num lugar chamado Norendy…

Os fantoches de
SPELHORST

KATE DiCAMILLO

Ilustrações de
JULIE MORSTAD

Tradução de Rafael Mantovani

"Esta é uma obra de ficção. Nomes, personagens, lugares e incidentes são produtos da imaginação do autor ou, se reais, são usados ficticiamente."

Esta obra foi publicada originalmente em inglês com o título
THE PUPPETS OF SPELHORST
por Walker Books Limited.
Texto © 2023, Kate DiCamillo
Ilustrações © 2023, Julie Morstad
Publicado em acordo com Walker Books Limited, Londres SE11 5HJ

© 2025, Editora WMF Martins Fontes Ltda., São Paulo,
para a presente edição.

Todos os direitos reservados. Este livro não pode ser reproduzido, no todo ou em parte, armazenado em sistemas eletrônicos recuperáveis nem transmitido por nenhuma forma ou meio eletrônico, mecânico ou outros, sem a prévia autorização por escrito do editor.

1ª edição *2025*

Tradução *Rafael Mantovani*
Acompanhamento editorial *Helena Guimarães Bittencourt*
Preparação de textos *Beatriz Antunes*
Revisões *Alessandra Miranda de Sá e Marise Simões Leal*
Produção gráfica *Geraldo Alves*
Paginação *Moacir Katsumi Matsusaki*

Dados Internacionais de Catalogação na Publicação (CIP)
(Câmara Brasileira do Livro, SP, Brasil)

DiCamillo, Kate
 Os fantoches de Spelhorst / Kate DiCamillo ; ilustrações de Julie Morstad ; tradução de Rafael Mantovani. – São Paulo : Editora WMF Martins Fontes, 2025.

 Título original: The puppets of Spelhorst.
 ISBN 978-85-469-0680-2

 1. Contos – Literatura infantojuvenil I. Morstad, Julie. II. Título.

24-225103 CDD-028.5

Índices para catálogo sistemático:
1. Contos : Literatura infantil 028.5
2. Contos : Literatura infantojuvenil 028.5

Cibele Maria Dias – Bibliotecária – CRB-8/9427

Todos os direitos desta edição reservados à
Editora WMF Martins Fontes Ltda.
Rua Prof. Laerte Ramos de Carvalho, 133 01325-030 São Paulo SP Brasil
Tel. (11) 3293-8150 e-mail: info@wmfmartinsfontes.com.br
http://www.wmfmartinsfontes.com.br

Para Ann Patchett, que ouviu,
com atenção, do começo ao fim
KD

Para Emily
JM

Era uma vez um rei.
E uma loba.
E uma menina com um cajado de pastora.
E um menino com um arco e flechas.
E também havia uma coruja.
*O rei tinha uma barba feita de
cabelos humanos.*
*A loba rosnava
e mostrava os dentes.*
A menina vestia uma capa verde.
*As flechas na aljava do menino eram tão
afiadas que podiam espetar um dedo.*
E a coruja tinha penas de verdade.

O rei e a loba e a menina
e o menino e a coruja
estavam todos misturados
no fundo de um baú
que tinha a palavra
SPELHORST
pintada em letras douradas
na frente e nas laterais.
O rei e a loba e a menina
e o menino e a coruja
eram fantoches
e estavam esperando
uma história começar.

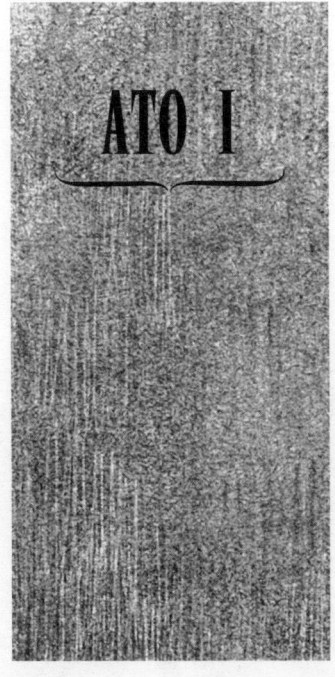

ATO I

Um

Era uma vez um velho capitão de navio que morava em um quartinho em cima de uma alfaiataria. O nome do capitão era Spelhorst, e ele não tinha esposa, nem filhos, nem família. Era sozinho no mundo e fazia suas refeições em um café, na mesma rua da alfaiataria. Lá, o velho capitão ficava sentado à mesa, com o olhar perdido ao longe, como se estivesse na proa de um navio olhando para o mar.

Um dos olhos do capitão estava nublado devido à catarata, mas o outro era de um azul incrivelmente brilhante.

Nos dias bons, em que os joelhos dele não doíam e o céu estava limpo, Spelhorst passava horas e horas caminhando pela cidade.

Nos dias ruins, ele ficava na cama, olhando para o teto, estudando as rachaduras, manchas de umidade e teias de aranha. Escutava a porta da alfaiataria se abrir e fechar. Ouvia o murmúrio de vozes, o som de pessoas pedindo coisas, exigindo coisas. Às vezes, ele ouvia o alfaiate gritando com sua esposa em italiano. Em outras, ouvia a esposa do alfaiate chorando.

As pombas no parapeito da janela do quarto de Spelhorst olhavam para o velho homem lá dentro com olhos brilhantes, cheios de desprezo. Os pássaros chegavam e partiam e apareciam de novo, e suas asas batendo soavam como alguém embaralhando cartas.

O capitão não prestava atenção nas pombas.

Nem olhava para elas.

Mantinha os olhos fixos no teto.

Tentava não pensar em nada.

❋ ❋

E então chegou um dia – um dia bom – em que os joelhos de Spelhorst não doíam e o céu estava limpo, e o velho capitão saiu para caminhar, e caminhou durante horas. Acabou indo parar muito longe da alfaiataria, numa zona da cidade que não conhecia, numa ruazinha escura e sinuosa.

Ele encontrou uma loja de brinquedos e, na vitrine, viu expostos um rei, uma loba, uma menina, um menino e uma coruja.

Os fantoches estavam pendurados em linhas de pesca. Viravam-se lentamente para um lado e para o outro com o golpe de ar criado pela porta da loja, que se abria e fechava.

Spelhorst parou. Tirou o chapéu da cabeça e ficou olhando para os fantoches.

Lá estava ele: um homem sem família, um homem sem filhos nem netos, um homem sem nenhuma fantasia nem fascinação, olhando para a vitrine de uma loja de brinquedos, enfeitiçado pelos fantoches.

Mas Spelhorst não olhava para todos os fantoches. Olhava somente para um: para a menina com a capa e o cajado de pastora.

A menina tinha o rosto em forma de coração e os olhos violeta de alguém que Spelhorst havia amado, muito tempo atrás.

Amado e perdido.

Amado e perdido, amado e perdido. A história do mundo, que sempre se repete.

— Preciso dessa menina — Spelhorst disse em voz alta, para ninguém.

Pôs o chapéu na cabeça, entrou na loja e anunciou para o vendedor que queria comprar um dos fantoches expostos na vitrine.

— O senhor não pode comprar só um — falou o vendedor. — Eles formam um conjunto.

— Quero só o fantoche da menina — disse Spelhorst.

— Os fantoches devem ser adquiridos juntos, ou então não podem ser comprados — disse o vendedor —, pois eles estão juntos em uma história.

Spelhorst ficou encarando o vendedor.

Uma história? O que essa história importava para ele?

A porta da loja se abriu e se fechou. Os fantoches dançaram com a rajada de vento, e a menina-fantoche se virou de repente e ficou de cara para o capitão, olhando para ele.

Spelhorst fechou e abriu os olhos. Disse:
— Muito bem. Todos eles.

Ele levou os fantoches consigo para o quarto em cima da alfaiataria.

Jogou o rei, a loba, a coruja e o menino dentro do baú que ficava ao pé da sua cama.

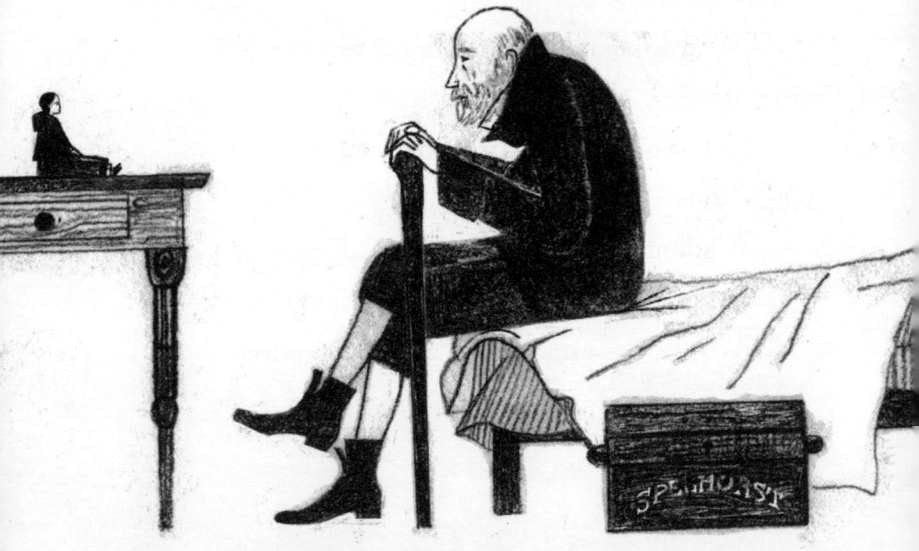

Mas a menina-fantoche Spelhorst deixou sentada na mesa, para poder contemplar seus olhos violeta.

Ficou sentado na cama, olhando fixamente para ela. Disse:

— Sinto muito. Sinto muito, Annalise. Sinto muito.

Ele pôs a cabeça entre as mãos, depois se levantou da cama, sentou-se à mesa e pegou uma caneta e um papel. Ficou bastante tempo escrevendo.

Quando terminou, o velho capitão dobrou o papel e o guardou dentro do baú. Então ficou sentado à mesa, chorando.

Fora do quarto, empoleiradas no parapeito da janela, as pombas olhavam para o capitão lá dentro e emitiam ruídos de desalento e desaprovação.

Escureceu.

Spelhorst não acendeu o abajur.

Deitou-se na cama e chorou até dormir, como se fosse um garotinho.

Dois

Quando tudo ficou em silêncio por um bom tempo, o rei perguntou:

— Ele pegou no sono?

— Sim — disse a menina.

— Ele acha que você é uma pessoa chamada Annalise — falou o menino.

— Eu poderia me chamar assim — falou a menina-fantoche. — Sempre me perguntei se eu tinha um nome.

— Tudo será revelado — disse a coruja, que era dada a fazer esse tipo de declaração.

— Meus dentes são extremamente afiados — comentou a loba.

— Já estamos cansados de ouvir você falar dos seus dentes — disse o menino.

— Silêncio, por favor — disse a menina. — Está acontecendo alguma coisa.

A menina-fantoche conseguia ver o céu pela janela, por cima dos telhados.

Uma lua cheia e gorda se erguia, preguiçosa, acima dos prédios.

A vitrine da loja de brinquedos não tinha vista para nada além da ruazinha escura, mas ali, de repente, estava o mundo!

— O que é? — perguntou o menino.

— É a lua — disse a menina.

— Ordene que ela venha até mim — falou o rei.

— Você não é um rei de verdade — respondeu o menino. — Não pode dar ordens.

— Se eu não sou um rei de verdade, então por que tenho uma coroa na cabeça? — perguntou o rei.

— A lua não tem mestre — disse a coruja. — A lua é seu próprio rei.

— Ou rainha — disse a menina.

A lua foi ficando mais alta no céu.

Em pouco tempo, estava brilhando bem dentro do quarto do capitão, lançando uma trilha de luz no piso gasto de madeira.

— Oooooh — disse a menina. — Ela é tão bonita.

— Descreva-a — pediu o menino. O baú estava aberto e ele estava virado para cima, mas num ângulo que não lhe permitia ver nada além do teto rachado.

— É como um rosto amoroso — disse a menina. — E está olhando direto para mim. É como se ela estivesse me procurando, procurando todos nós.

Os fantoches ficaram em silêncio, pensando naquilo.

A loba rosnou.

— Vou destruí-la com meus dentes afiadíssimos — ela falou.

— Por favor, pare de falar dos seus dentes — disse o menino.

— Dá para pegar a lua? — perguntou o rei. — Ela é algo que se pode pegar?

— Não — respondeu a menina. — Não parece.

— Ora — disse o rei —, então ela não vale nada.

A lua agora brilhava tanto que enchia o quarto de luz, quase como se fosse dia.

— Agora eu também consigo ver — falou o menino. — Ou pelo menos consigo ver a luz dela. É muito bonita.

— A beleza é passageira — comentou a coruja, que estava virada para baixo e não enxergava nada além da barba do rei.

— Queria usar meus dentes afiados — disse a loba, numa voz contemplativa. Seu rosto estava

apertado contra a lateral do baú de madeira. — Queria destruir algo. Tanto faz o quê.

— Um dia — disse o rei —, eu terei um reino e mandarei alguém criar uma lua para mim. Na verdade, mandarei que sejam criadas muitas luas, todas em minha homenagem.

A menina deu um suspiro e falou:

— Que bom que eu pude ver isso. Que bom que eu pude ver essa coisa linda.

— Que bom que eu pude ver pelo menos uma parte dela — disse o menino.

— Muitas vezes — proclamou a coruja —, parte de uma coisa é maior do que a coisa toda.

— Duvido que isso seja verdade — disse o rei.

— Estou com fome — resmungou a loba.

❖❖

De manhã, a lua tinha ido embora e o sol brilhava no quarto em cima da alfaiataria, e o velho capitão estava morto.

A menina-fantoche tinha visto o sol se levantar no céu. Era algo totalmente diferente da lua – o sol era mais insistente, mais convicto de seu poder.

— O sol está brilhando — disse a menina para os outros fantoches —, e o homem não está mais respirando. O que será de nós agora?

— O homem da loja de brinquedos falou que estamos juntos em uma história — disse o menino — e que precisamos ficar juntos. Então, ficaremos juntos.

— Quem somos nós para dizer o que acontecerá? — indagou a coruja em sua voz mais solene.

Do andar de baixo, vinha o som da porta da alfaiataria, que se abria e fechava.

— Sou um rei — disse o rei — e, portanto, ordeno que alguém faça algo acontecer. Imediatamente.

A loba, alérgica a penas de coruja, espirrou.

Três

A mulher do alfaiate veio cobrar o aluguel de Spelhorst e descobriu que o velho capitão estava morto.

— Homem triste, solitário — ela disse, então sentou-se na cadeira, pôs a cabeça entre as mãos e chorou.

Chorou um pouco pelo capitão e chorou muito por si mesma. Suas tristezas eram grandes e seus problemas eram vários.

Quando a mulher tirou as mãos do rosto, viu a menina-fantoche sentada em cima da mesa, olhando para ela.

— Ah, *bellissima* — ela disse. — O que um velho ia querer com uma coisa tão bonita?

Ela ficou em pé e pôs a mão na cabeça da menina. Sorriu para ela. Olhou bem fundo nos seus olhos.

— Mas o coração, o coração é um mistério — falou para a menina-fantoche. — Ele sempre é um mistério.

A mulher do alfaiate então endireitou os ombros. Ajeitou o xale, respirou fundo e desceu para contar ao marido que Spelhorst tinha morrido.

O próprio alfaiate foi até o andar de cima. Revirou o baú procurando dinheiro e só achou uma folha de papel cuidadosamente dobrada, além de um chapéu, várias calças, algumas meias de lã e, é claro, os fantoches.

O alfaiate soltou um resmungo de desgosto. Olhou em volta no quarto e viu a menina-fantoche sentada em cima da mesa.

Balançou a cabeça.

— Bonecas — ele disse. — Esse homem. Não tinha juízo nenhum. Não tinha o mínimo juízo.

Ele pegou a menina-fantoche, jogou-a dentro do baú e fechou a tampa com um estrondo.

Carregou o baú para baixo e o vendeu, naquela mesma tarde, para o carroceiro, que o colocou na sua carroça sem nem se dar o trabalho de olhar o que tinha dentro.

Enquanto andava pelas ruas, o carroceiro cantava uma canção que dizia assim:

> *O que você não quer, eu quero.*
> *O que você não quer,*
> *outra pessoa quer.*
> *O que você não quer,*
> *você pode me dar.*
> *O que você não quer*
> *me diz*
> *quem você é.*
> *Então, me diga,*
> *quem é você?*

Quatro

Os fantoches estavam juntos dentro do baú. Ouviam a canção do carroceiro.

– Quem somos nós? – perguntou a coruja.

– Bom, pelo jeito, somos algo que ninguém quer – disse a menina.

– Bobagem – falou o rei. – Todo mundo quer um rei. Essa é justamente a definição de realeza.

– Está tão escuro aqui – comentou o menino.

– Nas trevas, às vezes surge uma luz – declarou a coruja.

– Isto não é bem uma história – disse o menino.

— Bom — falou a menina —, estamos em movimento. Estamos indo para algum lugar. É uma história, não é? Fazer uma jornada para algum lugar?

A loba espirrou.

— Ordeno que você abra este baú! — disse o rei.

— Meus dentes são afiados como navalhas — falou a loba.

— Acho que não aguento nunca mais ouvir falar dos seus dentes — disse o menino. — Por acaso alguma vez eu me gabei das minhas flechas? E olha que elas são tão afiadas quanto os seus dentes. Mais afiadas ainda.

— Nada é mais afiado do que meus dentes — rosnou a loba.

— Parem com isso — disse a menina. — Estamos aqui juntos no escuro. De que adianta ficarmos brigando?

Fora do baú, no mundo lá fora, o carroceiro continuou cantando: *O que você não quer, não quer, o que você não quer, pode me dar...*

O rei limpou a garganta e falou:

— Gostaria que soubessem que esta não é a primeira canção que eu ouço. Havia uma mulher na ruazinha em frente à loja onde o artesão me criou. O artesão tinha me dado orelhas e olhos, e eu estava em cima de uma bancada, esperando por minha capa e minha coroa. Pois sou um rei, e é necessário que um rei tenha uma capa e uma coroa.

— Assim como é necessário que uma loba tenha dentes — acrescentou a loba.

— Enfim — disse o rei —, eu estava esperando por minha capa e minha coroa, e foi então que ouvi a mulher cantando. O artesão parou para escutar a canção dela, depois olhou para mim e falou: "Uma canção tão bela como esta pode partir seu coração em dois". Foi isso que ele disse. Nunca me esqueci das palavras dele, pois era mesmo uma bela canção, e *senti* meu coração se partir.

— Mas como você sabe que tem um coração? — perguntou a menina.

— Porque consegui ouvir a canção — respondeu o rei.

— Foram seus ouvidos que ouviram a canção — disse a loba —, não o seu coração.

— Discordo — o rei falou. — E, quando eu for rei de fato e estiver no comando do mundo inteiro, ordenarei que alguém cante uma canção todos os dias, para que o meu coração seja partido em dois inúmeras vezes.

— A lua partiu meu coração — disse a menina-fantoche.

— Descreva a lua de novo — pediu o menino.

— Era brilhante.

— Sim — disse o menino. — Eu vi a luz dela.

— Mas também era perfeitamente redonda — acrescentou a menina. — E senti que ela estava me vendo.

— Você devia ter tentado capturá-la — disse a loba.

— Por quê? — a menina quis saber.

— Porque é isso que importa. Capturar, dominar.

— Quem somos nós para dizer o que importa? — retrucou a coruja. — Quem somos nós?

E então, quase como se pretendesse responder à pergunta melancólica da coruja, o carroceiro parou de cantar e a carroça parou de se mexer.

Cinco

O baú foi levantado bem alto e depois colocado no chão.

A tampa se abriu.

A luz era estonteante.

— Agora tudo vai acontecer — sussurrou o menino. — É agora que a história começa.

Apareceu o rosto de um homem velho, com pelinhos saindo do queixo e dos ouvidos. Ele sorriu para os fantoches, revelando gengivas cor-de-rosa e desdentadas.

— Ah — disse o carroceiro —, que adoráveis belezuras. Vou vender vocês num piscar de olhos.

Ele se levantou, virou de costas para os fantoches e gritou:

— Vejam aqui, que coisa adorável! Vejam só estas adoráveis belezuras! Horas de lazer e anos de alegria! Divirtam os jovens, divirtam os velhos, com a arte do teatro de fantoches. Cinco adoráveis fantoches e um lindo baú para guardá-los! Está tudo à venda!

— Ele está falando de nós — disse o menino.

— Não tenho nada de adorável — falou a loba. — Sou feroz. Sou ameaçadora, bestial, incorrigível. Meus dentes são os mais afiados que existem.

A loba deu um rosnado, depois um espirro.

— Xiu — fez a menina. — Ouçam.

— São adoráveis. São divertidos. São sensacionais. E vocês podem levar todos eles para casa! — gritou o carroceiro.

Então veio outra voz:

— Quero ver os fantoches, por favor.

O rosto de um jovem surgiu sobre o baú aberto. Ele estendeu a mão, pegou a coruja-fantoche e a segurou com o braço esticado, examinando-a.

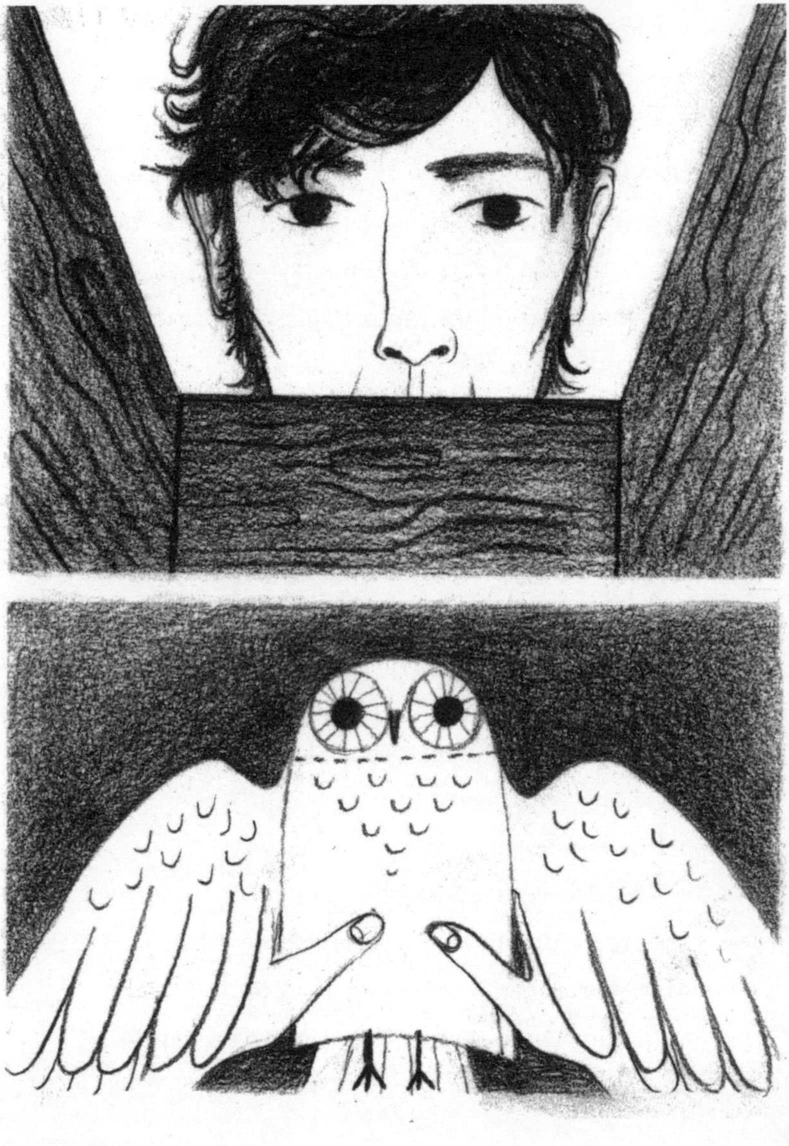

— Este aqui é muito bem-feito — disse o jovem.

— Todos são muito bem-feitos — falou o carroceiro.

O jovem sacudiu a coruja.

— As penas parecem reais.

— Sim — disse o carroceiro. — Eu por acaso estaria vendendo uma coruja com penas falsas? Claro que não. Nunca. Jamais. Todos eles são reais. Extremamente reais.

O jovem sorriu para a coruja e a jogou de volta no baú. Disse:

— Vou levar todos.

— Com certeza — concordou o carroceiro. E, com isso, a tampa foi fechada outra vez e a escuridão voltou.

— É mesmo verdade — disse a coruja em voz baixa. — Minhas penas são reais.

O baú foi levantado de novo. Os fantoches foram jogados uns contra os outros.

— Queria saber para onde estamos indo agora — falou o menino.

— Tudo será revelado — declarou a coruja. Mas disse essas palavras sem a solenidade de sempre. Tinha se distraído com aquela conversa sobre penas.

— Uma vez — continuou a coruja —, vi um pássaro de verdade. Era quando estávamos pendurados na vitrine da loja de brinquedos. O pássaro passou voando por nós. Suas penas eram tão pretas quanto o interior deste baú, mas também eram luminosas. Escuras e luminosas ao mesmo tempo.

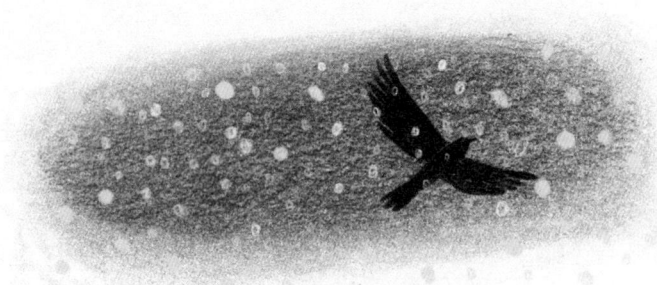

— Eu vi esse pássaro — disse o menino.

— Sim — falou a coruja. — Ele também era um pássaro com penas reais.

O que a coruja não disse foi que, quando viu o pássaro, sentiu algo brotar dentro dela — uma alegria e um desespero para os quais não tinha palavras, nem uma só delas.

A loba espirrou.

— Quem falou para você que suas penas eram reais? — perguntou ela.

— Sei que é verdade — disse a coruja. E o pássaro de asas pretas passou de novo por sua mente. Escuro, luminoso.

Voando.

Não seria a coisa mais maravilhosa de todas?

Voar desse jeito?

Voar para longe?

Seis

Os fantoches estavam em movimento outra vez. Ouviam o poc-poc de cascos de cavalos.

— O velho disse que nós íamos levar diversão e alegria — disse o menino. — Não quero divertir ninguém. Nem alegrar. Quero fazer algo importante neste mundo.

— Ou seja, você gostaria de ser um rei — falou o rei.

— Não — respondeu o menino. — Não um rei.

— Você deseja ter dentes afiados — sugeriu a loba.

— Não ligo para dentes afiados — disse o menino. — Você é a única que se importa com dentes.

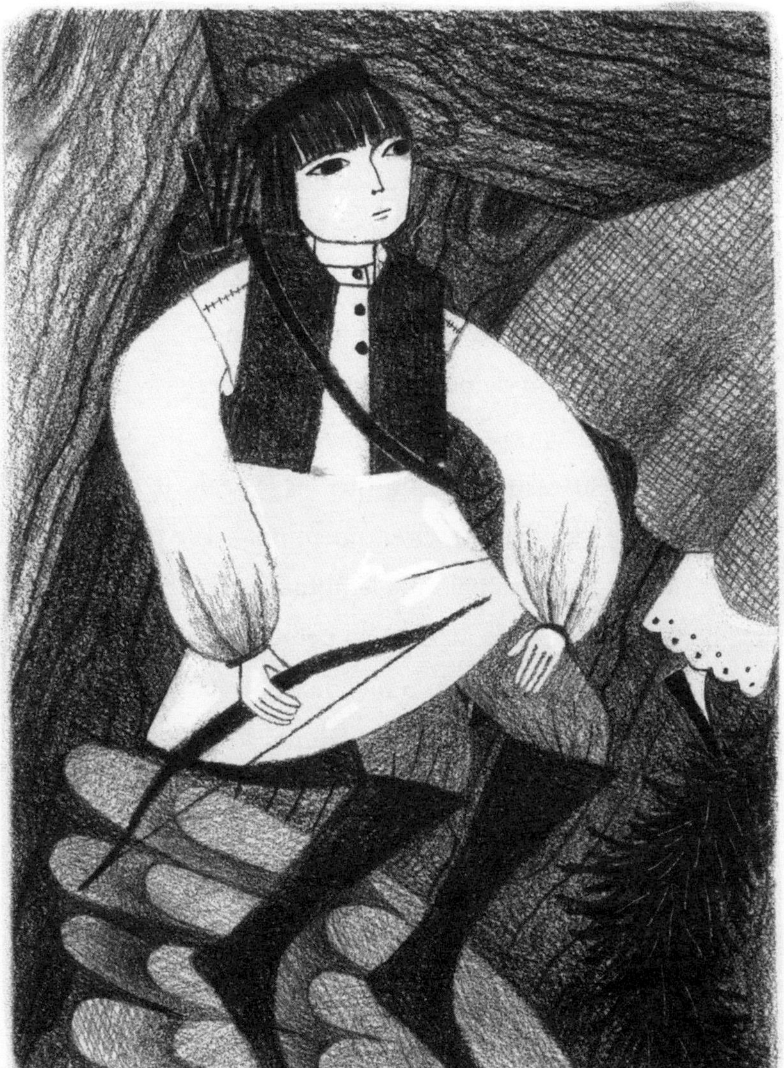

— Certamente não sou a única que se importa com dentes afiados — resmungou a loba.

— Então o que é? — indagou a menina para o menino. — O que é que você quer?

— Quando o artesão estava me criando — disse o menino —, ele falou que havia algo dentro de mim à espera, que eu tinha um destino.

— Cada um de nós contém multidões — anunciou a coruja em sua voz mais sábia.

— O artesão me falou que eu ia realizar uma grande façanha — revelou o menino. — Ele pôs as flechas na aljava para me lembrar disso.

— Uma grande façanha? — perguntou a loba.

— Sim — respondeu o menino.

— Sem dentes afiados? — falou a loba. — Acho que não.

— Eu tenho flechas — falou o menino.

— Você não tem penas — declarou a coruja.

— Além disso — acrescentou o rei —, você não é rei.

— Meu coração anseia por realizar uma grande façanha — afirmou o menino.

— O coração é um mistério — disse a menina.
— Foi o que a mulher falou hoje de manhã. Ela disse que o coração sempre é um mistério.

Os fantoches ficaram em silêncio.

Depois de um tempo, a loba falou.

— Eu sonho — ela disse para o silêncio.

— Como assim? — quis saber a coruja.

— Eu sonho que estou correndo por um bosque à noite — disse a loba.

— Você já viu um bosque? — perguntou o menino.

— Não — disse a loba. — Mas sei que é um bosque. Tem neve no chão e neve caindo do céu. As árvores são escuras contra a neve e, no meu sonho, posso correr infinitamente, sem jamais ficar cansada.

— Parece maravilhoso — falou o rei.

— É mesmo — a loba concordou. — Posso sentir meu coração bater com força. Posso sentir o vento nos meus pelos.

Ela ficou em silêncio, depois sussurrou:

— Meus dentes são extremamente afiados.

— Eu sei — disse o menino para a loba, numa voz muito gentil.

Fez-se outro silêncio.

Os fantoches ouviam as batidas de cascos de cavalos e o rangido de uma carruagem. Sabiam que ainda estavam se movendo. Mas para onde? Para que destino?

— O artesão me falou que eu ia fazer algo importante — disse o menino.

— Eu vi um pássaro em pleno voo — falou a coruja.

— Eu ouvi a mais bela canção que existe — disse o rei.

— Eu vi a lua surgir no céu — disse a menina. — A lua e eu ficamos cara a cara.

— No meu sonho — contou a loba —, estou perseguindo e sendo perseguida. Ao mesmo tempo.

A carruagem parou.

— Todos precisamos lembrar que estamos juntos em uma história — disse o menino.

A coruja pigarreou. Parecia estar se preparando para dizer algo profundo, repleto de sentido.
Mas não disse nada.
A loba espirrou.

Sete

— O que é? — perguntou uma pequena voz.

— Um presente do tio — disse outra pequena voz.

— É só um baú sem graça — falou a primeira voz.

— Mas e se tiver algum grande tesouro?

A tampa foi levantada e um jorro de luz adentrou o interior do baú, e surgiram duas cabeças com cabelos escuros.

— Sai da frente, Martha. Não consigo ver.

— Tem um lobo ali dentro! Ou uma loba!

— Sai da frente, por favor.

— Sai da frente você.

Uma pequena mão avançou e agarrou a loba.

— Olha, Emma! A loba tem dentes! Dentes grandes. Podia comer alguém.

— Ooooh — disse Emma. — É um fantoche. São vários fantoches. Tem uma menina e uma coruja. E um homem barbudo. E, olha, aqui tem um menino com um arco e flechas. A gente pode fazer um teatrinho.

— Não quero fazer teatrinho — falou Martha. Ela pôs o polegar na boca e ficou olhando para o baú, enquanto Emma tirava os fantoches um por um.

Cuidadosamente, Emma colocou cada um deles em cima da lareira. Deu um passo para trás e examinou todos, depois os arrumou, deixando a coruja ao lado do menino, a menina ao lado do rei.

— Martha — ela disse —, me dá a loba.

— Não — Martha respondeu.

— Martha, faça o que estou mandando, por favor.

Martha deu um suspiro. Ficou na ponta dos pés e colocou a loba em cima da lareira, ao lado do rei.

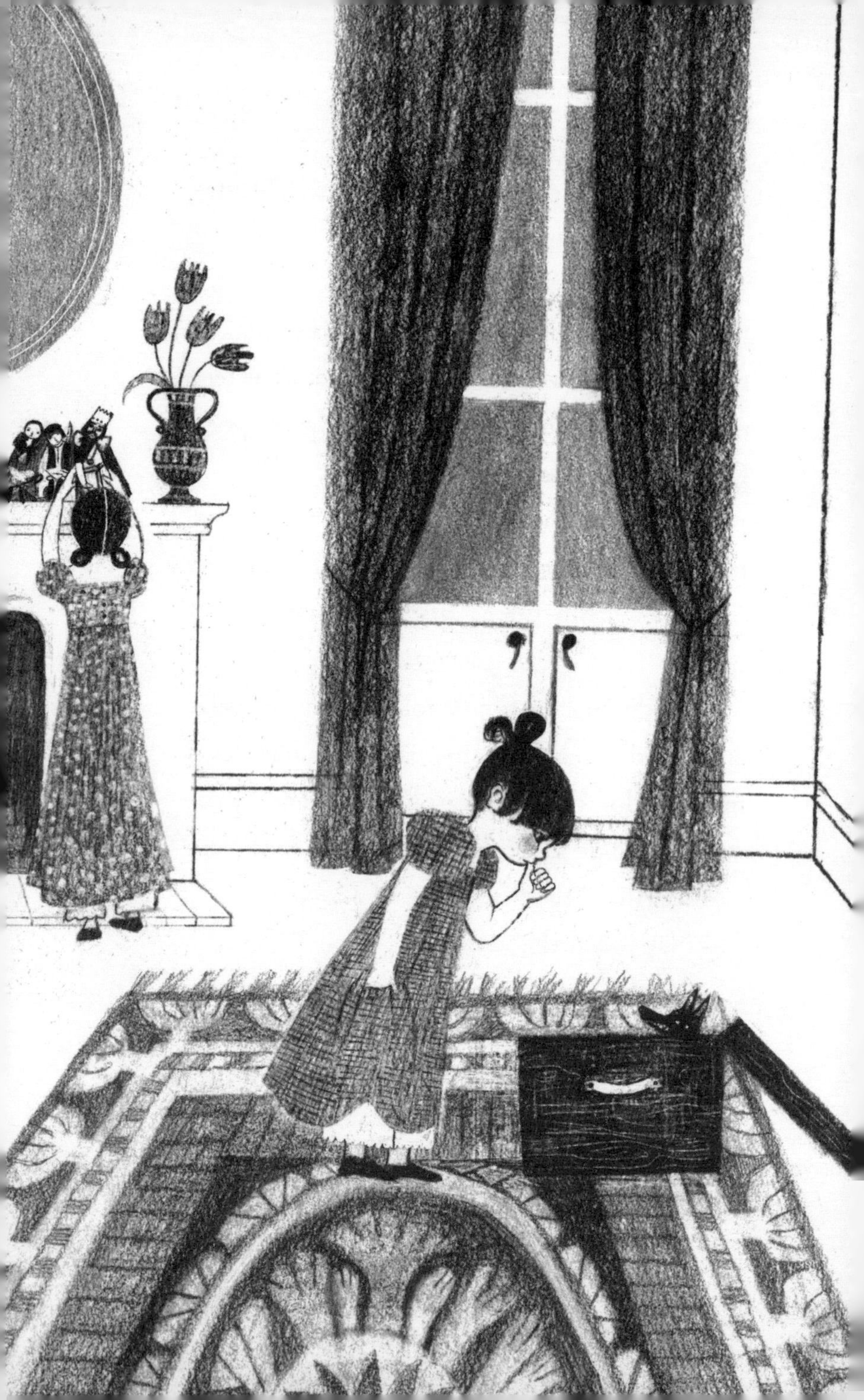

— Todos são muito bonitos, não são? — comentou Emma. — Cada um é simpático de um jeito diferente.

— A loba não é simpática — disse Martha. — A loba é feroz.

— Sim — concordou Emma. — Vamos com certeza montar uma peça de teatro.

— A loba não quer participar de uma peça — falou Martha.

Emma pôs as mãos atrás das costas. Ficou parada, observando os fantoches. Disse:

— Não seja tonta, Martha. Todo mundo quer participar de uma peça. Todo mundo quer fazer parte de uma história.

— A loba não — disse Martha.

De outro cômodo, alguém chamou:

— Emma! Martha! É hora do chá!

Emma segurou a mão de Martha.

— Nós voltaremos — falou Emma para os fantoches. — Prometo.

Oito

Eles estavam em uma sala com paredes azuis, teto alto e janelas compridas, com vista para o mundo.

O sol apareceu e sumiu. Grandes nuvens cinzentas cruzaram o céu devagar.

— Vocês ouviram? — perguntou a loba. — Meus dentes foram notados de imediato.

— Vamos participar de uma peça — disse a menina.

— A verdade enfim será revelada — proclamou a coruja.

— Espero que essas meninas compreendam que eu não sou só um homem barbudo qualquer —

disse o rei. — Espero que elas estejam cientes de que sou um rei.

— Você tem uma coroa na cabeça — falou o menino. — Elas vão entender.

— Mas ninguém disse "E aqui está o rei".

A menina olhou pela janela. Ficou fascinada com as nuvens. Eram tão impressionantes quanto a lua, de seu próprio jeito.

— Olhem — ela falou. — As nuvens são lindas. Queria saber onde estamos.

— Estamos onde devemos estar — disse a coruja.

— Estamos em cima de uma lareira — observou o menino.

— E eu sou um rei — disse o rei.

— Meus dentes são extremamente afiados — falou a loba, dando um suspiro de contentamento. — E a menina Martha os notou de imediato.

Lá fora, nuvens negras tinham surgido. Taparam o sol. A sala ficou escura, depois ainda mais escura.

E então aconteceu algo milagroso: começou a cair neve.

— Está nevando — disse a menina.

— Está nevando — repetiu o menino.

— É como no meu sonho — disse a loba.

— Vejam — a coruja falou. — Lá vai um pássaro! Vocês viram?

Todos observaram o pássaro passar voando pela janela, com suas gloriosas asas escuras.

— Vamos participar de uma peça — disse a menina outra vez.

— Uma história — acrescentou o menino. — Estamos em uma história.

Eles ficaram sentados juntos, em cima da lareira.

Um rei, uma loba, uma menina, um menino e uma coruja.

A neve continuou caindo.

As paredes da sala mudaram de azul para um violeta intenso, a cor dos olhos da menina-fantoche.

Veio a escuridão.

Emma entrou na sala. Estava usando uma camisola. Segurava uma vela na mão. Disse:

— Não se preocupem. Não me esqueci de vocês. Li a carta e agora estou escrevendo a peça. Vai ser maravilhosa.

Com a vela, Emma iluminou o rosto de cada um dos fantoches.

Estudou os olhos deles.

– Cada um de vocês vai ter um papel – ela explicou.

No silêncio da sala, as palavras ecoaram.

Lá fora, continuava a nevar.

ATO II

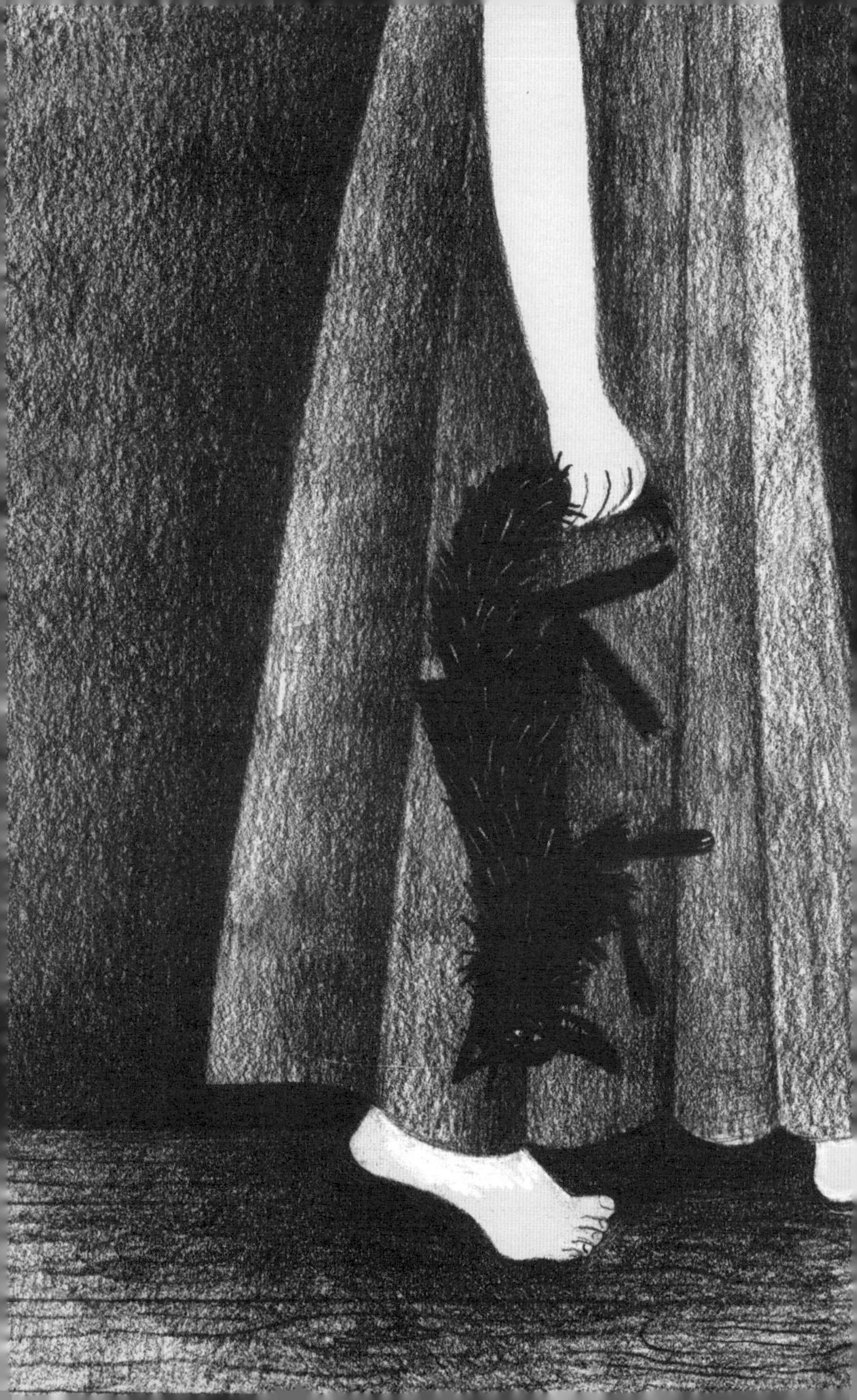

Nove

Ainda era de madrugada e estava escuro quando Martha apareceu de camisola e olhou para os fantoches. Ficou na ponta dos pés e estendeu o braço para pegar a loba. Ao fazer isso, derrubou a coruja e esbarrou no rei, deixando a coroa dele torta.

— Você — disse Martha para a loba.

Agora começa a perseguição, pensou a loba. *Agora vou me tornar eu mesma.*

Martha levou a loba para outro cômodo. Sentou-se no chão e segurou a loba perto do rosto, analisando-a.

— Você pode matar alguém com esses dentes — falou Martha.

Sim, pensou a loba, *exatamente*.

— Vou arrancar eles — disse Martha.

A loba sentiu uma tontura. Será que tinha entendido errado as palavras da criança?

Não tinha.

Martha logo pôs mãos à obra.

Usando um alicate e respirando pela boca, concentradíssima, a menina conseguiu remover dois dentes da boca da loba.

E que tristeza a loba sentiu! Que tristeza tremenda! Quantos dentes tinha ela? Ninguém nunca dissera. Ela nunca tinha contado.

Agora, ela tinha dois a menos. Isso era certeza.

Felizmente, depois de remover o segundo dente, Martha perdeu o interesse naquela empreitada e jogou a loba no chão.

A loba-fantoche ficou caída com o rosto para baixo, olhando para o desenho do tapete – espirais azul-marinho quase encostando em espirais vermelho-escuras, mas sem chegar a encostar. Esse padrão, de uma cor indo em direção à outra, porém nunca se encontrando, repetia-se ao infinito.

A loba pensou que talvez passasse o resto da vida olhando para o desenho do tapete.

Não se importava.

Nada importa, pensou a loba. *Seu não tenho todos os meus dentes, então nada importa.*

Dez

Agora estava claro lá fora, um amanhecer cinzento e tímido, e Martha apareceu de novo na sala azul.

Desta vez, ela tirou o menino de cima da lareira.

— Você vem comigo — disse Martha.

E o menino achou que, talvez, o propósito de que falara o artesão enfim tivesse chegado, e que ele agora faria algo verdadeiramente importante.

Sentiu-se forte, confiante. Pronto para o que quer que fosse.

Martha calçou um par de botas, que eram grandes demais para ela. Levou o menino-fantoche para fora da casa e o apoiou contra uma árvore. Tirou uma flecha da aljava e tentou colocá-la no arco pendurado no ombro do menino.

Mas a flecha não encaixava.

— Isso não funciona — falou Martha.

Ela tentou mais algumas vezes, sempre resmungando entre os dentes, depois desistiu e foi embora, pisando duro. Voltou para dentro da casa.

Deixou o menino-fantoche apoiado na árvore.

Ele ficou assistindo à luz cinzenta da aurora se transformar em manhã.

Vou realizar grandes façanhas assim mesmo, pensou o menino. *Vou descobrir o meu destino. Sei que vou.*

Nesse exato instante, um gavião mergulhou de repente do céu, apanhou o menino com suas garras e o carregou para os ares.

O menino-fantoche sentiu medo?

Nem um pouco.

Em vez disso,
sentiu uma imensa
onda de alegria.

Onze

Quantos fantoches ainda havia em cima da lareira?

Três: o rei, a coruja e a menina.

— O que está acontecendo? — indagou a menina. — Será que Martha vai trazê-los de volta?

— Traga o menino de volta! — gritou o rei. — Ordeno que você traga o menino para cá!

— E a loba — a menina acrescentou. — Não se esqueça da loba.

— Que tem a loba? — disse o rei.

— Queremos que ela volte também — respondeu a menina.

— Sim, é claro — falou o rei. E então, em sua voz mais majestosa, disse: — Traga a loba para cá imediatamente!

— Quem espera sempre alcança — declarou a coruja. Sua voz estava abafada. Ela estava caída com o bico virado para baixo.

— Reis não são bons em esperar — disse o rei.

A menina sentia falta do menino e da loba. Na loja de brinquedos, quando os fantoches estavam pendurados na vitrine, a menina ficava no meio dos outros. Por isso, quando o vento a virava em uma direção ou na outra, ela via ou o rei e a loba, ou o menino e a coruja.

Era muito reconfortante.

Agora a menina-fantoche estava sentada em cima da lareira, olhando para a frente. Não enxergava o rei nem a coruja. Não sabia onde estavam o menino e a loba.

Sentiu um vazio terrível dentro de si.

Doze

O rei, a coruja e a menina ficaram juntos vendo o sol subir no céu. A sala ficou mais iluminada. As paredes azuis brilhavam. Uma empregada veio acender o fogo.

Quando viu os três fantoches sentados em cima da lareira, ela deu um gritinho.

— Santo Deus — disse ela.

Olhou para o rei. Embora a coroa dele estivesse torta, ela fez uma reverência.

— Sua Majestade — a empregada falou.

Ela ficou um bom tempo olhando nos olhos da menina-fantoche.

— Olá — cumprimentou.

A empregada entendeu que o rei era um rei e que a menina era uma menina, mas a coruja estava virada para baixo em cima da lareira, por isso achou que ela fosse um espanador de pó.

— Quem deixou isso jogado aqui? Não fui eu!

Ela pegou a coruja e a jogou dentro do balde de limpeza.

Acendeu o fogo, depois se levantou de novo e ficou analisando o rei e a menina.

Endireitou a coroa na cabeça do rei.

Olhou mais uma vez nos olhos da menina e disse:

— Violeta. Essa é a cor dos seus olhos, caso esteja se perguntando, caso ninguém nunca tenha lhe falado isso. Violeta é a cor deles. "Violeta" é o nome que minha mãe pretendia me dar. Mas não me deu. Decidiu que não, na última hora. Disse que era melhor ter um nome forte, para

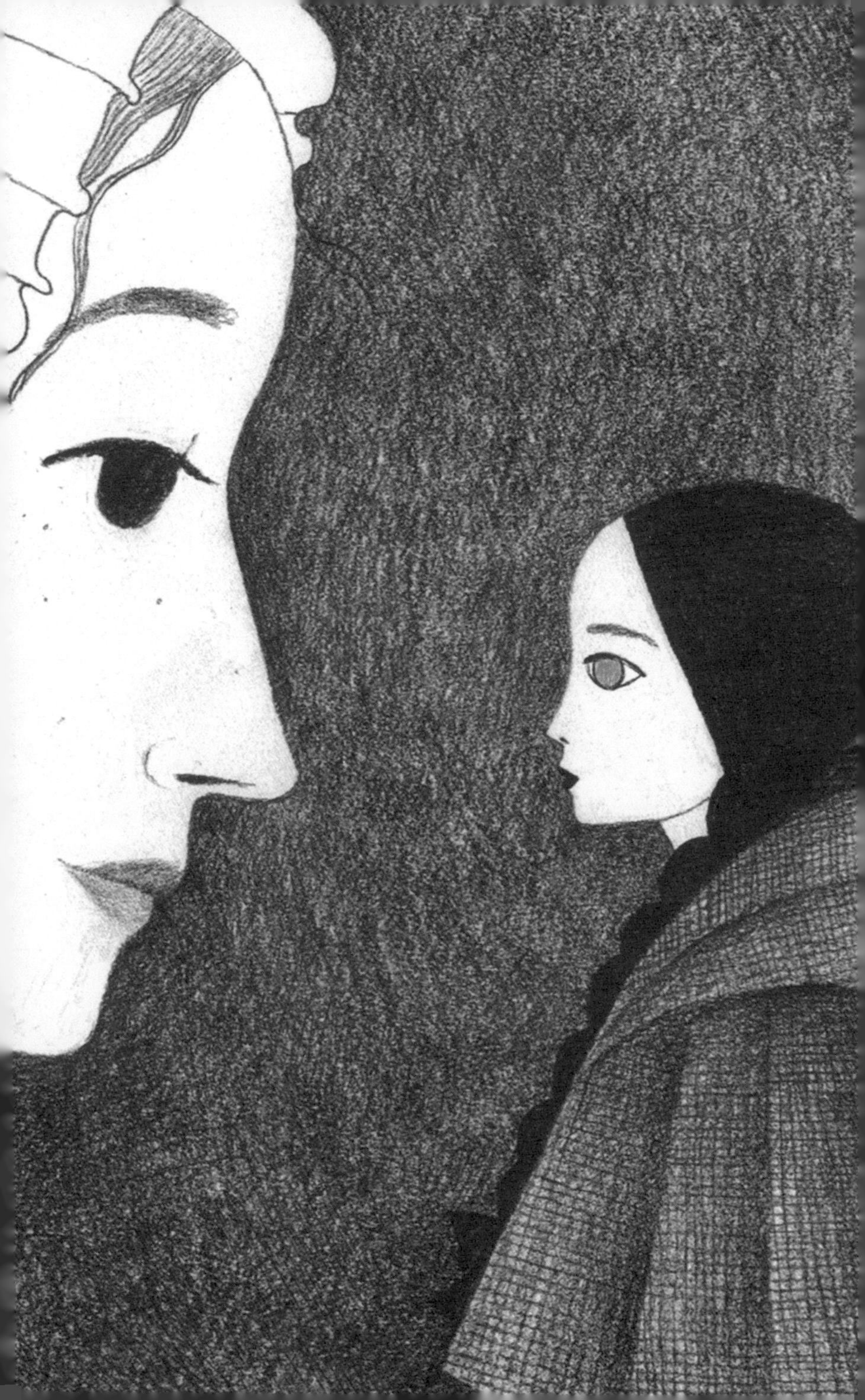

uma vida dura. Por isso, eu me chamo Jane. Jane Twiddum.

Jane Twiddum suspirou.

— É absurdo, tudo absurdo. É um absurdo atrás do outro. Absurdo do começo ao fim. Se é que quer saber minha opinião. Mas ninguém nunca quer.

Jane Twiddum examinou a menina-fantoche.

— Eu só queria falar que seus olhos são violeta, caso já tenha se perguntado de que cor eles são. E você é boa de olhar com esses olhos, não é? Sim. Boa de enxergar. É isso que você é.

Dizendo isso, Jane Twiddum pegou o balde e saiu da sala.

Treze

Do fundo do balde de limpeza, a coruja ouviu as palavras de Jane Twiddum sobre absurdos e achou que eram palavras muito sábias.

Por exemplo, que absurdo era aquele de confundir uma coruja com um espanador de pó?

— É um absurdo atrás do outro — a coruja disse para as profundezas do balde. — Absurdo do começo ao fim.

Ela queria ter tido tempo de se despedir do rei e da menina.

De repente, a coruja se deu conta de que sentia falta da loba.

— Meus dentes são extremamente afiados — ela falou para se consolar, imitando a voz da loba. Eram palavras que não faziam muito sentido ditas por uma coruja.

Mas e daí?

Ela podia falar o que quisesse.

Tudo eram apenas palavras, nada além de palavras. Palavras e mais palavras, e nada acontecia. Até que, de repente, alguém confundia você com um espanador de pó.

Oh, como ela queria voar!

— Eu quero voar — disse a coruja para o grande vazio do balde.

❊ ❊

Enquanto isso, lá fora, apertado com força nas garras do gavião, o menino-fantoche voava.

O vento batia em seu rosto, e ele estava voando tão alto! Ele se perguntou se já estaria perto da lua. Será que aquele era seu destino, seu propósito? Voar bem alto pelo mundo inteiro?

Já o gavião percebeu, de repente, que a coisa que ele trazia nas garras não estava viva. Não tinha dentro dela um coração pulsante, as batidas bruscas e aceleradas do desespero.

Indignado, o gavião abriu as garras e soltou o fantoche.

O menino despencou girando, de pernas para o ar. Suas flechas caíram da aljava. O arco se desprendeu de seu ombro.

Ele pensou na menina, na loba, no rei e na coruja.

Pensou na sala azul, na escuridão dentro do baú e na luz da lua, tão brilhante quanto o dia.

De repente, a queda foi interrompida.

O menino ficou preso nos galhos de uma árvore.

Catorze

Em cima da lareira, Sua Majestade, o rei, refletira um pouco sobre aquela situação e ficara bastante agitado.

— Como é possível eles serem levados embora um por um? Não me parece correto. Ordeno que alguém faça isso ser diferente!

— Diferente como? — a menina quis saber.

— Quero que seja um mundo onde canções são cantadas todos os dias. Quero que nós fiquemos juntos. Ordeno que o mundo seja diferente!

— Emma está escrevendo uma história com todos nós — contou a menina. — Vamos todos ficar juntos de novo. Acredito realmente que isso vai acontecer. Ou, pelo menos, espero que aconteça.

— Humm — disse o rei. — Esperança... Mas e a música? Quero que tenha música.

— Quer que eu cante para você? — falou a menina.

O rei não disse nada.

A menina começou a cantar.

Cantou a única canção que conhecia, a única que já tinha ouvido na vida, a canção do carroceiro:

>*O que você não quer, eu quero.*
>*O que você não quer,*
>*outra pessoa quer.*
>*O que você não quer,*
>*você pode me dar.*
>*O que você não quer*
>*me diz*
>*quem você é.*
>*Então me diga:*
>*quem é você?*

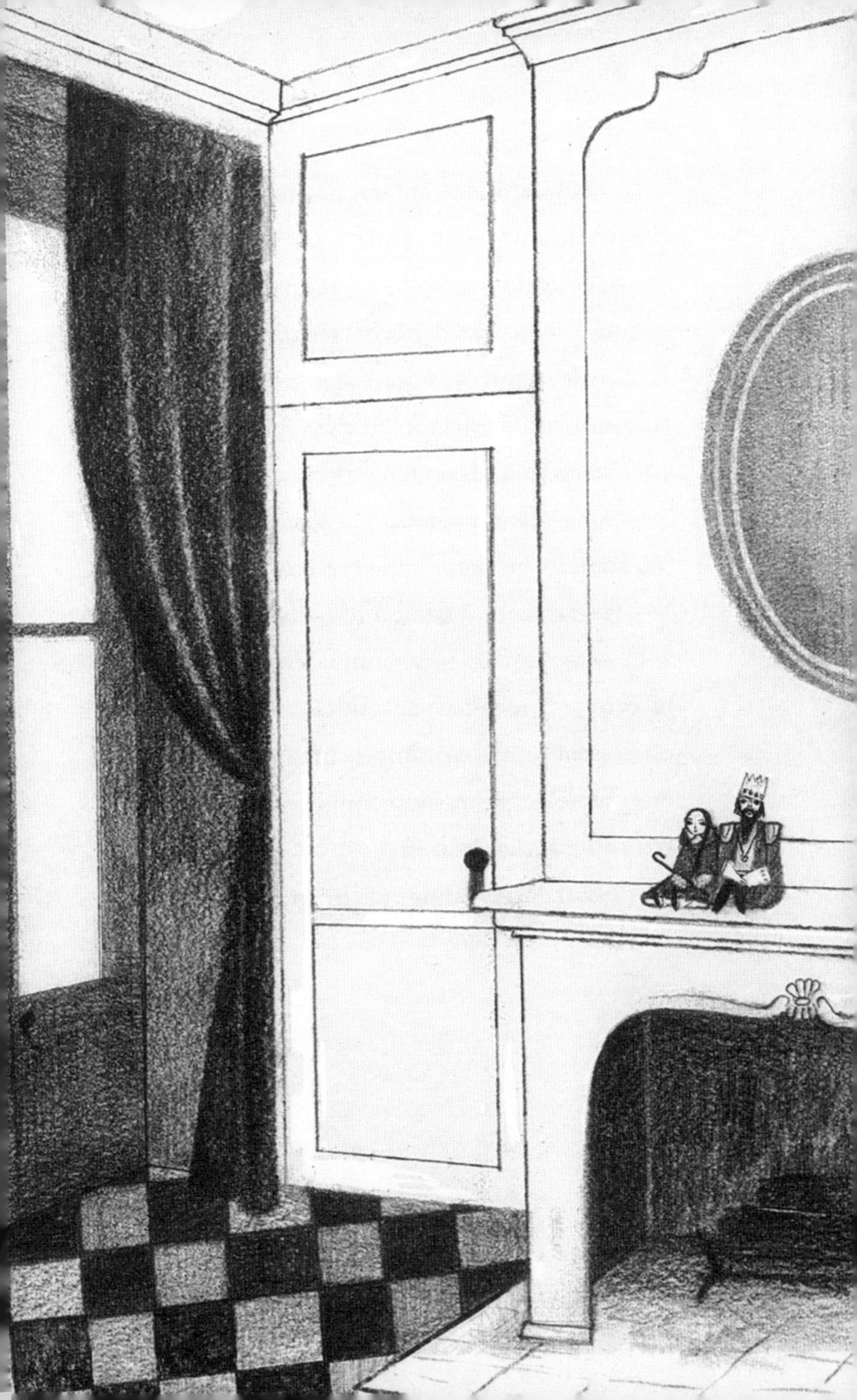

E, enquanto ela cantava, a sensação de vazio dentro dela foi diminuindo.

— Obrigado — disse o rei numa voz humilde, quando a menina-fantoche terminou a canção. Então ele se forçou a dizer algo mais apropriado para um rei: — Quando eu tiver meu reino, canções serão cantadas o tempo todo.

— Sim — disse a menina. — Canções que partam seu coração em dois e curem seu coração também.

— Exatamente — falou o rei. — Isso mesmo.

E, embora nada fosse como deveria ser, embora o rei e a menina não pudessem fazer nada e estivessem presos em cima de uma lareira, separados daqueles que amavam, uma pequena paz desceu sobre a sala azul.

A paz desceu, caindo suavemente como a neve.

Quinze

A loba não tinha achado que sentiria falta dos outros fantoches, mas sentiu.

Estava caída de cara no tapete, lamentando suas perdas (dois dentes, quatro amigos), quando Jane Twiddum entrou no quarto e a viu.

– O quê? – ela berrou. – Agora ela está indo meio longe demais, não? Olha só isso! A Martha deixou peles de esquilo espalhadas pelo quarto. As travessuras absurdas dessa menina não têm limite.

Esquilo?, pensou a loba. *Peles de esquilo?*

Jane Twiddum se agachou e recolheu a loba do chão.

— Coisa nojenta — ela disse, segurando o fantoche entre o polegar e o indicador.

Atravessou o quarto, resmungando várias vezes a palavra "nojenta". Abriu uma das janelas, jogou a loba na neve lá fora e fechou a janela com força.

A loba ficou deitada de costas, olhando para a grande abóbada celeste acima dela.

— Ela me confundiu com um esquilo — falou em voz alta para as árvores. — Como isso é possível?

A loba queria que a coruja estivesse ali para dizer um pensamento profundo, oferecer palavras que pudessem ajudar a dar sentido a uma situação tão ridícula.

Os esquilos por acaso têm dentes?, pensou a loba.

Uma raposa veio saltitando pela neve. Parou e farejou a loba. Apanhou-a com a boca e, carregando-a, começou a correr.

E isso queria dizer que a loba estava correndo também — correndo por um bosque, na neve!

Era tudo exatamente como tinha sido no sonho.

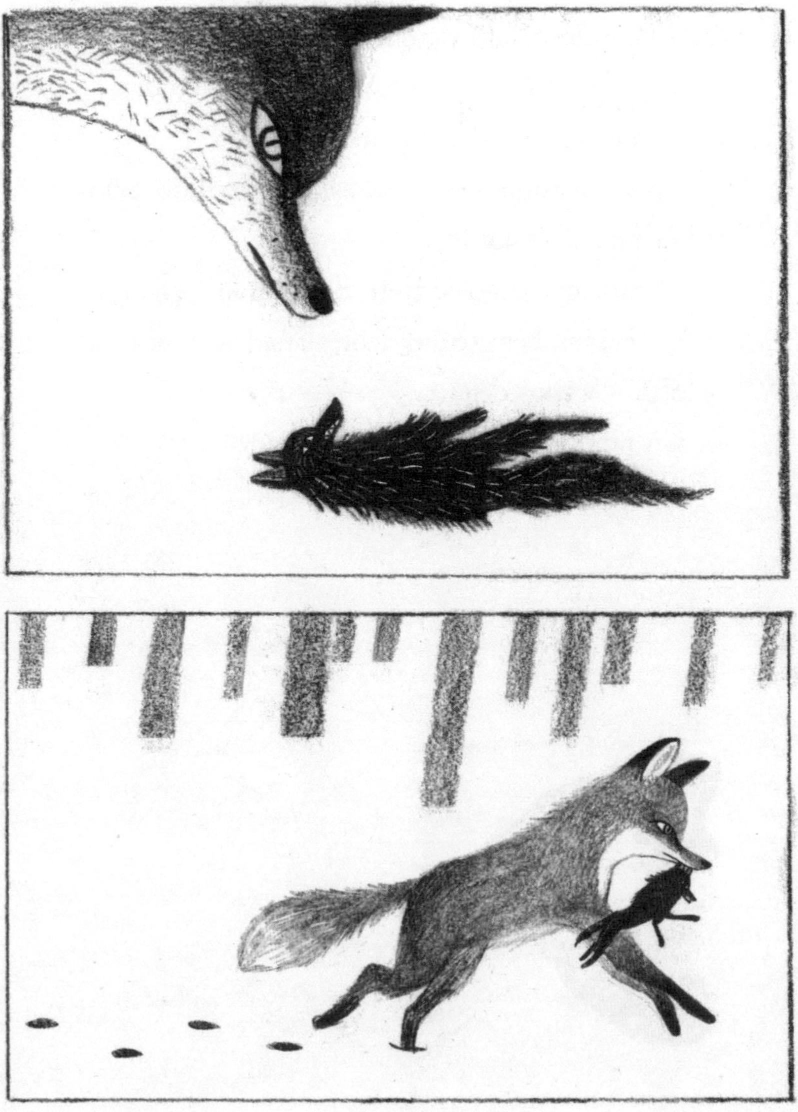

Tirando o fato de que ela estava na boca de uma raposa, é claro.

Esse detalhe era diferente.

Mas, mesmo assim, ela estava correndo pelo bosque, não estava?

Sentia que a raposa tinha dentes muito afiados.

— Eu também tenho dentes afiados! — disse a loba. — Vários deles.

A raposa, é claro, não compreendeu.

É terrível não ser compreendido.

Dezesseis

Na sala azul, o rei e a menina estavam em cima da lareira, e Jane Twiddum tinha acabado de varrer o chão, quando outra mulher entrou na sala.

— Bom dia, Jane — disse a mulher.

— Senhorita Alstair — respondeu Jane Twiddum.

— Vim dar aulas para as meninas — falou a srta. Alstair.

— Sim, com certeza — disse Jane.

A srta. Alstair passou por Jane Twiddum, chamando:

— Emma! Martha! Preciso ir aí buscar vocês duas?

Ela nem olhou para a lareira.

Jane Twiddum encarou a menina-fantoche.

— Esta é a governanta, sim, senhora. É ela que sabe a resposta para todas as perguntas, até para as que você não perguntou — disse Jane, balançando a cabeça. — Estou achando que é melhor você passar o dia comigo. É isso que eu acho.

E, dizendo isso, Jane Twiddum pegou a menina-fantoche e a colocou no bolso do avental.

❧ ❧

O mundo soava abafado, mas ainda estava lá.

A menina-fantoche ouviu Jane Twiddum cumprimentar pessoas. Ouviu-a suspirar.

E então, de repente, Jane Twiddum estava cantando.

Violetas são só flores, contarolou Jane Twiddum, *e flores só duram um dia. Você me deu violetas e partiu enquanto eu dormia.*

Para a menina-fantoche, a voz de Jane Twiddum parecia uma chuva de luz.

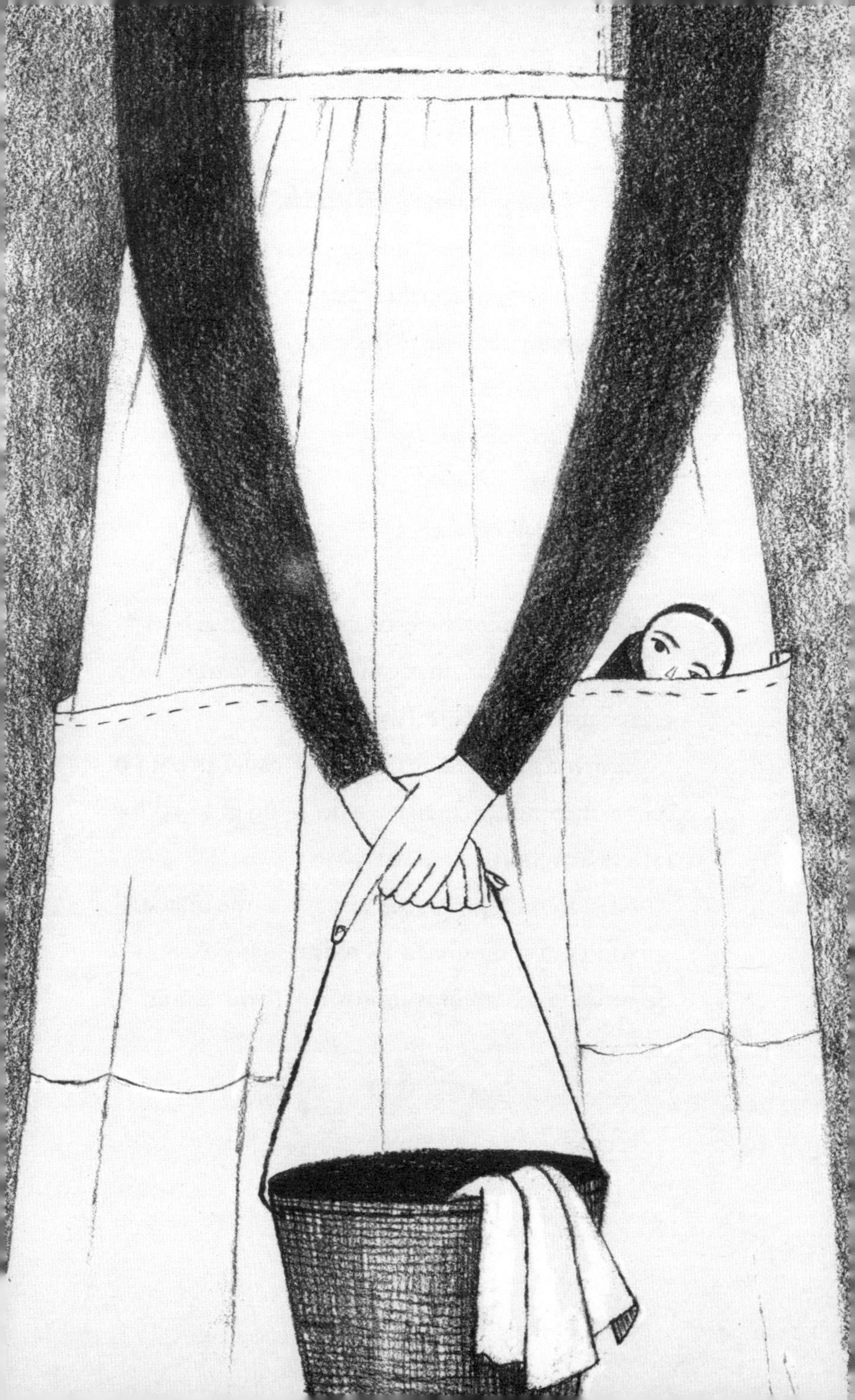

Que me importa a sua partida?
Não me importa nem um pouco.
Vou seguir a minha trilha,
pois violetas são só flores,
e flores só duram,
flores não duram,
flores duram
apenas um dia.

A menina-fantoche escutava, em transe.

Agora, ela tinha duas canções para cantar: a do carroceiro e a de Jane Twiddum.

A menina pensou em cantar as canções para o rei, o menino, a coruja e a loba quando todos estivessem juntos de novo.

— Estaremos juntos de novo — a menina sussurrou para si mesma. — Acredito nisso. Acredito de verdade. Estaremos juntos, e eu vou cantar.

❊❊

A coruja também estava ouvindo Jane Twiddum cantar.

— Um absurdo atrás do outro, e violetas são só flores, e meus dentes são afiados — a coruja disse para as entranhas do balde.

Ninguém ouviu, é claro.

❀ ❀

O rei estava sozinho em cima da lareira.

— Ordeno que todos vocês retornem! — ele gritou.

Nada aconteceu.

De que adianta ser rei se ninguém obedece às minhas ordens?, o rei se perguntou.

Dezessete

Emma entrou na sala azul e encontrou o rei sentado sozinho em cima da lareira.

— Martha! — gritou Emma.

— Não grite, Emma — disse a srta. Alstair, aproximando-se pelas costas da menina.

— Mas foi ela que pegou! Sei que foi ela! Eles sumiram.

— O que sumiu? — perguntou a srta. Alstair.

— Martha! — berrou Emma.

E então Martha surgiu ao lado da irmã, chupando o polegar e olhando para o rei sentado sozinho em cima da lareira.

— Retire o dedo da boca, senhorita — pediu a srta. Alstair.

Martha tirou o polegar da boca.

— Não fui eu — falou ela.

— Martha — disse Emma.

— Pode ser que eu tenha pegado a loba — concordou Martha. — E acho que o menino também.

— Uma loba? Um menino? — perguntou a srta. Alstair. — Expliquem-se.

— Nosso tio nos deu uns fantoches — disse Emma. — Tem uma loba, um menino, uma menina, um rei e uma coruja, e eu escrevi uma peça para eles. Para apresentá-la na festa desta noite. Escrevi uma peça inteira, e cada um deles tem um papel, e é uma peça maravilhosa. E agora eles sumiram.

— A loba está no meu quarto — disse Martha.

— E o menino? — quis saber Emma.

— Levei ele para fora. Para ver se o arco e as flechas funcionavam. Não funcionam.

— Onde ele está agora?

— Acho que lá fora — disse Martha.

— E a coruja e a menina? — perguntou Emma.

— Não sei — falou Martha, colocando o polegar de volta na boca.

— Precisamos encontrá-los — disse Emma. — Temos que achar todos eles.

— Não vamos passar o dia procurando fantoches — avisou a srta. Alstair.

Martha saiu da sala e voltou. Numa voz muito dramática, disse:

— A loba desapareceu! É um mistério sombrio e terrível!

— Martha, Martha! — falou Emma. — Mostre para mim onde você deixou o menino. Agora! Já!

Emma agarrou a mão de Martha.

Juntas, elas passaram marchando pela contrariada srta. Alstair, seguiram pelo corredor e saíram pela porta, indo para o gramado coberto de neve.

— Aqui — disse Martha. — Foi aqui que eu coloquei ele. Deixei o menino apoiado nesta árvore.

— Tem certeza?

— Tenho — garantiu Martha. — Até calcei as botas do pai. Olha só.

Ela apontou para as pegadas de botas na neve.

— Aqui estão as flechas do menino. Você as jogou no chão?

— Não — disse Martha.

— Alguém deve ter levado ele — falou Emma.

Ela olhou para o céu, depois para a casa. A srta. Alstair estava parada na janela, olhando fixamente para as meninas com uma cara muito séria.

Emma deu as costas para a governanta.

— Vamos ter que entrar no bosque — ela disse.

As duas meninas se afastaram da casa e foram se embrenhando no bosque.

— É como se a gente fosse João e Maria — falou Martha. — Só que nós somos Emma e Martha.

— Quieta – disse Emma. – Continue procurando.

Foi Emma que avistou o menino. A princípio, pensou que fosse um lenço preso nos galhos desfolhados da árvore.

— Lá está ele – falou Emma. – Suba na árvore para pegar o menino, Martha.

Martha subiu na árvore, resgatou o menino-fantoche e o entregou para Emma. Disse:

— *Eu* nunca seria tão tonta para ficar presa numa árvore.

Emma ignorou Martha. Segurou o menino com o braço esticado. Olhou nos olhos dele e falou:

— Você tem um papel muito importante na peça. Precisamos de você. Agora temos que achar a coruja e a menina.

— E a loba – acrescentou Martha. Ela pôs o polegar na boca, depois o tirou e completou: — Algum mistério sombrio e terrível aconteceu com a loba.

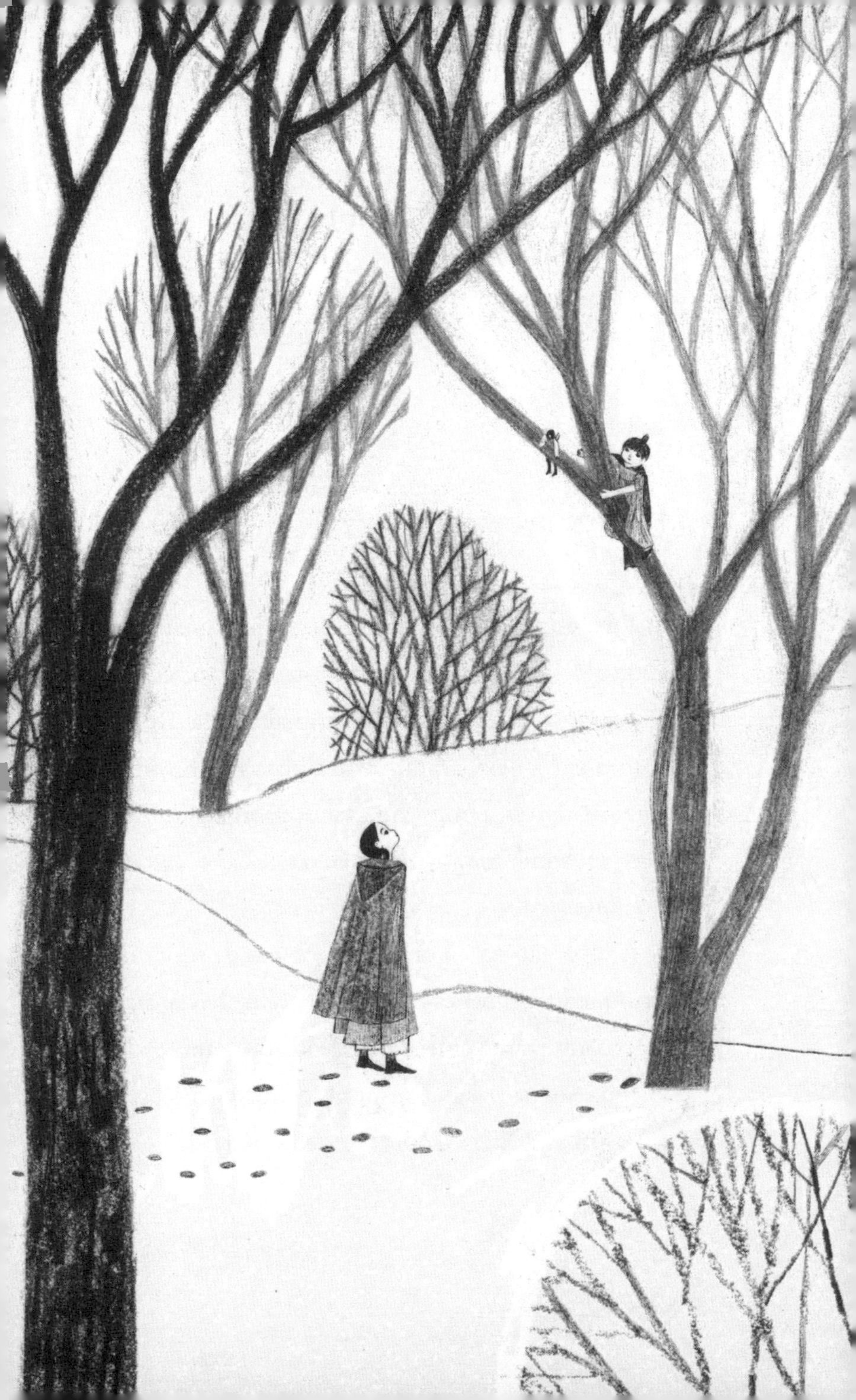

Dezoito

A loba estava na toca da raposa, sendo analisada muito de perto por vários filhotes de raposa.

As raposinhas dançavam em volta dela. Roçavam o nariz dela. Davam batidinhas no seu rabo. Depois de um tempo que pareceu interminável, elas se aninharam em cima da loba e caíram no sono.

A loba não gostou nem um pouco de servir de brinquedo de bebês-raposas. Porém, havia algo de reconfortante em estar rodeada por tanta vida. A loba sentia a lenta respiração dos corpos das raposinhas. Ouvia o coração delas batendo.

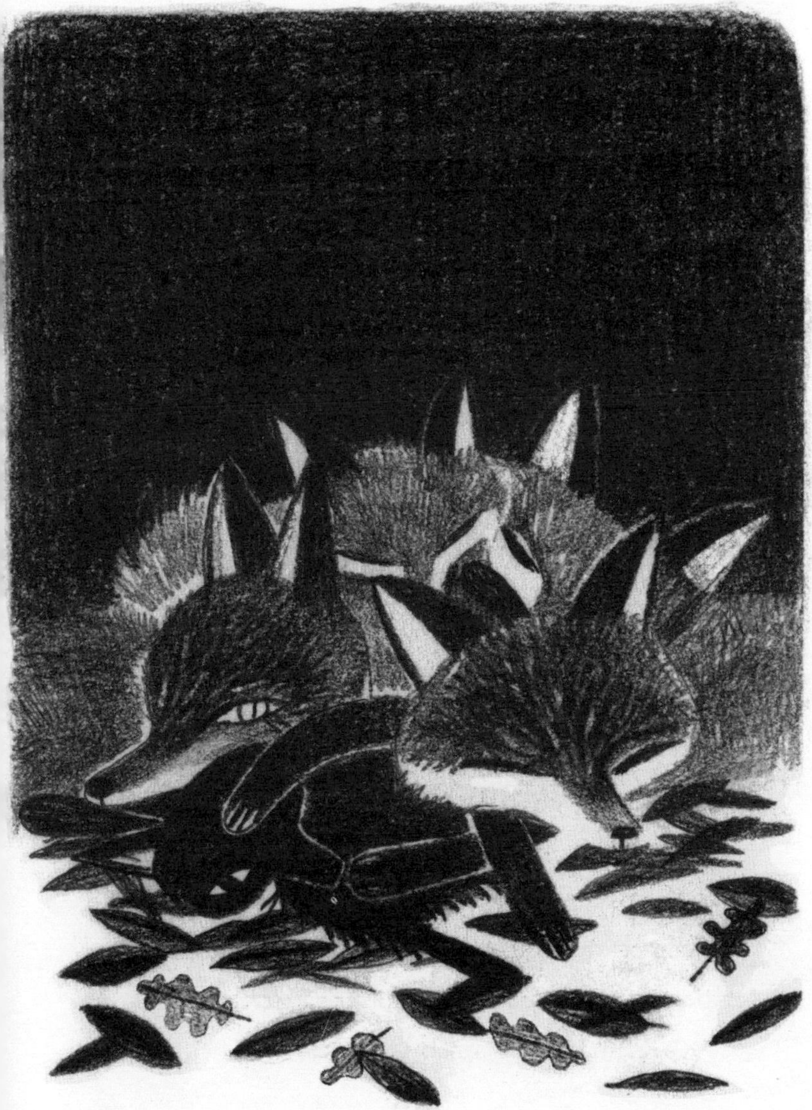

Perguntou-se como a coruja descreveria a situação complicada em que ela estava: coberta de bebês-raposas e com dois dentes a menos.

O que a coruja diria:

A loba ficou pensando nisso por um bom tempo, até que as palavras vieram à sua mente.

A coruja diria: "Você teve um triste fim".

— Um triste fim — a loba disse em voz alta, dando um suspiro.

Sentia falta da coruja.

E do menino e da menina.

Sentia falta até do rei.

Enquanto a loba estava soterrada embaixo dos bebês-raposas, pensando nos outros fantoches, a mamãe-raposa voltou para a toca. Os filhotes se levantaram e dançaram alegremente em volta dela.

A mamãe-raposa não demorou a ver a loba enlameada que sua colega tinha trazido para a toca, pegou-a com a boca e jogou-a na neve lá fora.

A mamãe-raposa não falou nada, é óbvio.

Mas, mesmo assim, deixou muito clara sua opinião: *Esta coisa é inútil.*

Inútil.

A loba ficou caída de cara na neve. Nunca se sentira tão sozinha, tão desdentada.

Foi quando ouviu o som de passos. Uma voz gritou:

— A loba está aqui! Achei a loba!

Era Martha, a ladra de dentes.

E, oh, como a loba ficou feliz em ouvir a voz dela! Ficou feliz em ser encontrada.

Dezenove

A menina-fantoche estava com Jane Twiddum em cima de uma colina.

Ela olhava para o mundo.

— É logo ali — disse Jane Twiddum. — É ali que eu moro. Nasci naquela casa. E você está vendo esse rio ao lado da casa?

A menina-fantoche estava, sim, vendo o rio.

— Meu sonho era partir num barco por esse rio, sabe? Sempre quis pegar esse rio e ir embora. Quando eu era mocinha, achava que ia seguir pelo rio até o mar, e o mar se abriria para o mundo inteiro. Era isso que eu achava.

Jane Twiddum suspirou.

— Ainda gostaria de fazer isso. Sabe aonde eu iria? Para aquele lugar onde tem camelos. Você não deve saber o que são camelos. São grandes criaturas com calombos nas costas, e você pode sentar entre os calombos. Só que, pelo jeito, isso nunca vai acontecer, nunca vou sentar nas costas de um camelo e ver o mundo. Mas eu queria lhe mostrar o rio. Achei que talvez quisesse ver tudo isso. Você é tão boa em ver, afinal de contas.

Do fundo do balde, a coruja pensou que gostaria de ver o rio. Gostaria de ver qualquer coisa que não fosse o interior de um balde.

— Ah, enfim — disse Jane Twiddum. — Se sonhos fossem cavalos, os mendigos iam sair galopando, como diz minha mãe.

Ela se agachou para pegar o balde, no exato instante em que uma grande rajada de vento agitou as penas da coruja e levantou uma de suas asas.

— O que é isso? — disse Jane Twiddum.

Ela pegou a coruja, virou-a e viu seu rosto.

— Você não é um espanador de pó! — ela falou para a coruja. — Você é um pássaro, ora, ora!

Jane Twiddum pôs a menina-fantoche no bolso do avental e segurou a coruja bem alto, com as duas mãos, deixando as asas dela abertas, para que ela sentisse o vento soprar em suas penas.

— Era isso que eu ia querer se fosse um pássaro — disse Jane Twiddum.

Sim, pensou a coruja, e seu coração quase não aguentou de tanta alegria: a sensação do vento passando por baixo de suas asas, o jeito como o ar a levantava.

Depois de um tempo, Jane Twiddum baixou a coruja e a enfiou no bolso do avental, com a menina-fantoche.

— Acho melhor a gente voltar — ela disse. — Não tem outra escolha, não é mesmo?

Jane Twiddum começou a caminhar.

— *Vou seguir o meu caminho* — ela cantou.

A menina e a coruja ficaram jogadas juntas no bolso do avental, e a menina-fantoche acompanhou a canção de Jane, cantando numa voz muito baixa.

— *Vou seguir o meu caminho* — cantaram Jane e a menina-fantoche juntas —, *pois violetas são só flores, e flores só duram um dia.*

A coruja ficou escutando em silêncio.

Seu coração estava tão repleto que ela não conseguia falar.

Vinte

O rei estava sentado em cima da lareira, pensando sobre ser rei.

Decidiu que, se pudesse ter qualquer coisa no mundo, qualquer desejo de seu coração, escolheria fazer todos voltarem para ele: a loba, o menino, a menina e a coruja.

Oh, como queria que alguém cantasse para ele.

Lembrou-se da canção do carroceiro.

E se ele tentasse cantar?

Seria possível uma coisa dessas? Um rei cantar?

A sala estava vazia.

Não havia ninguém ali além do rei.

Ele achou que não custava tentar.

— *O que você não quer* — cantou o rei, numa voz muito tímida.

O sol reluzia na sala azul.

O rei cantou mais alto:

— *O que você não quer, outra pessoa quer.*
O que você não quer, você pode me dar.

O rei-fantoche ficou sentado sozinho em cima da lareira.
Cantando.

ATO III

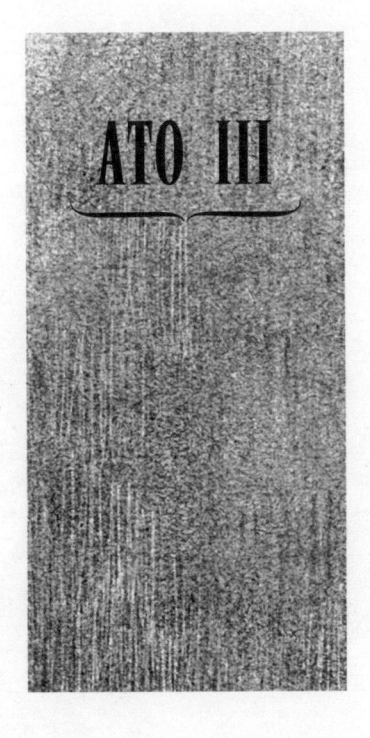

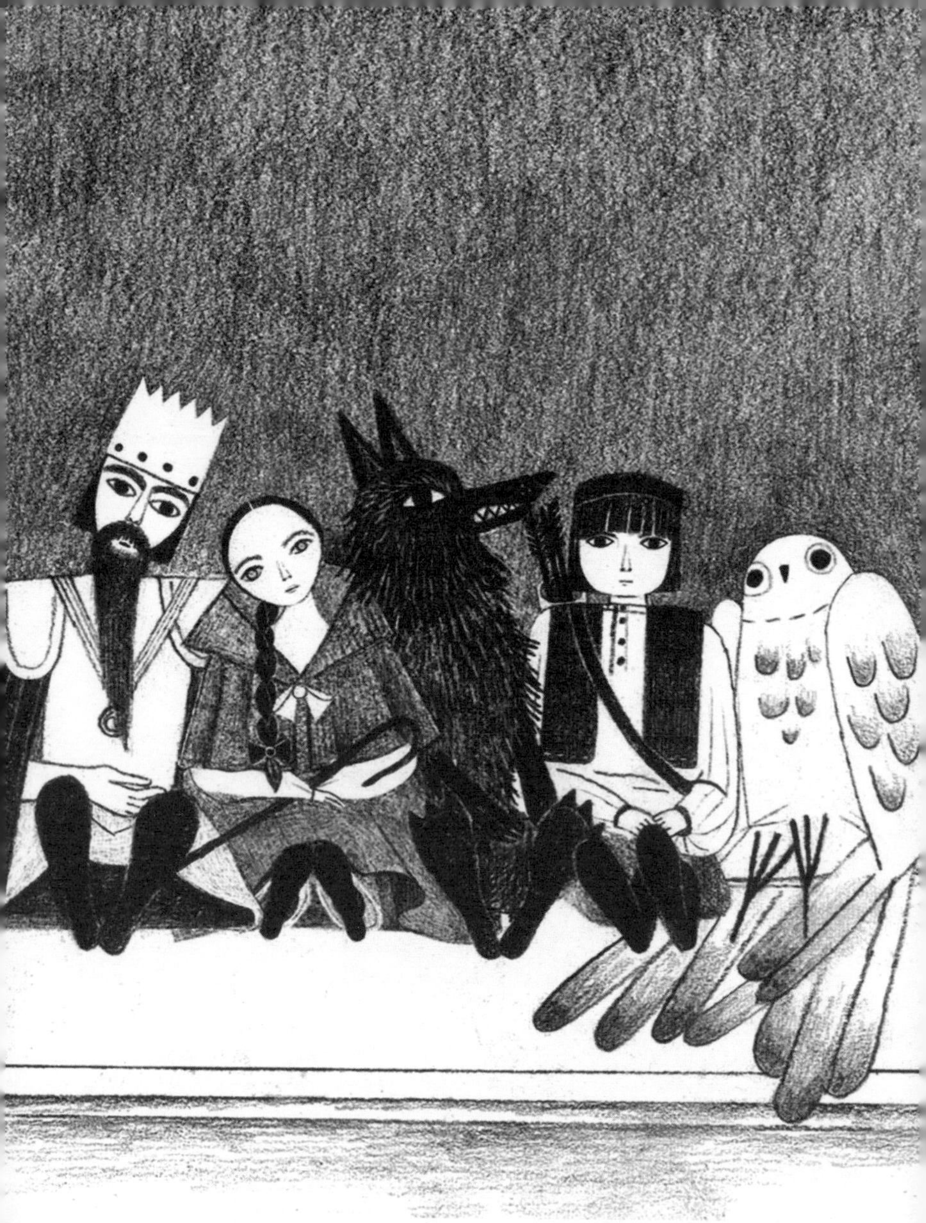

Vinte e um

Estavam de volta à sala azul.

Estavam em cima da lareira — um rei, uma loba, uma menina, um menino e uma coruja.

O céu aparecia pela janela em tons de azul-escuro, quase roxo.

— O céu está violeta — disse a menina. — Vai escurecer em breve.

— Quem sabe a gente consiga ver as estrelas — falou a coruja.

— Sim — respondeu a loba. — Talvez a gente veja as estrelas.

A voz da loba estava diferente. Emma tinha colado de volta em sua boca os dentes arrancados. Estavam meio tortos. Mas estavam lá, e a loba estava feliz por isso.

Afinal, o que era uma loba sem dentes?

— Que bom que estamos todos juntos — disse o menino. — E que bom que minhas flechas foram recolhidas e devolvidas a mim.

As flechas, todas as cinco, estavam na aljava nas costas do menino, e o menino estava exatamente como era antes de passar um tempo nas garras de um pássaro e nos galhos de uma árvore.

Só que, na verdade, não estava.

— Queria poder contar para vocês... Queria ser capaz de descrever como foi sobrevoar o mundo de tão alto — disse o menino.

— Eu também estive bem lá no alto — falou a coruja. — Senti o vento nas minhas penas.

— Eu vi o mundo — contou a menina. — Vi casas e árvores e um rio. Um rio comprido e iluminado, brilhando sob o sol.

— E eu — disse a loba, em sua voz de dentes tortos e colados — estive com os animais selvagens. Na toca de animais vivos, de carne e osso, vejam só!

— Ora, que bom que todo mundo viveu sua pequena aventura — falou o rei. — E eu, onde estive o tempo todo? Aqui. Esperando.

— Não fique chateado — disse a menina.

— Mas não é correto — protestou o rei. — Eu sou um rei. Um rei não deveria ficar esperando.

Um homem entrou na sala. Era o tio das meninas, o que tinha comprado os fantoches do carroceiro. Ele veio e ficou parado em frente à lareira, sorrindo para eles.

— Meus amigos fantoches — falou —, vocês vão ficar contentes de saber que Emma me deixou encarregado da iluminação.

Ele fez uma reverência para os fantoches, depois saiu andando devagar pela sala, acendendo as luzes a gás, uma por uma.

O azul das paredes ficou mais intenso. Lá fora, o céu passou de violeta para um preto aveludado.

Emma apareceu e disse:

— Tio, me ajuda a arrumar as cadeiras para parecer um teatro? E depois lembra a mãe e o pai de mandarem todo mundo vir aqui primeiro, antes de começar a ceia?

— Tudo o que você quiser, querida — falou o tio. — Tudo por uma história.

Vinte e dois

Martha trazia a loba-fantoche em uma mão e o menino-fantoche na outra. Estava de joelhos, atrás de uma mesa virada de lado.

Junto a Martha, estava Jane Twiddum. Também ajoelhada. Ela segurava a menina-fantoche e a coruja-fantoche.

Emma estava de pé em frente à mesa.

— Gostaria de pedir a total atenção de vocês — disse Emma.

Martha soltou um longo suspiro.

— Emma sempre quer total atenção. Para tudo — ela disse para ninguém em específico.

— Contaremos uma história cheia de verdades, maravilhas e tristezas — começou Emma.

— Que encantador — ouviu-se a voz de uma mulher mais velha. — Isso é simplesmente encantador.

— Tio — disse Emma —, apague as luzes no fundo da sala, por favor.

A sala ficou na penumbra. Ouviam-se suspiros e o roçar de pessoas se acomodando nas cadeiras.

— E, agora, vamos começar — falou Emma.

Ela foi para trás da mesa e se agachou. Resmungou para a irmã:

— Martha, faça isso direito, senão você vai se arrepender. Leia as suas falas exatamente como eu escrevi.

Martha suspirou.

— Jane — sussurrou Emma —, obrigada por ter ficado até mais tarde. Desculpe por não termos tido tempo de ensaiar. Eu tive que discutir com a srta. Alstair, e deu um trabalhão preparar os cenários, os adereços e o resto.

— Ao seu dispor, senhorita — disse Jane.

— Está tudo no roteiro, tudo o que precisa saber. Ah, e tem uma parte em que você tem que cantar.

— Eu vou cantar, senhorita? — perguntou Jane.

— Vai, sim. Já ouvi você cantar. Você é muito boa.

— Ao seu dispor, senhorita — respondeu Jane.

Emma pegou o rei. Retirou sua coroa e pôs na cabeça dele um chapéu pontudo, com estrelas e luas pintadas.

— Você agora é um mago — disse Emma para o rei. — Seu nome é Spelhorst, e você e eu estamos no comando desta história.

Um mago!, pensou o rei.

Se ele não podia ser rei, com certeza um mago era a segunda melhor opção. E ele estava no comando da história! Exatamente como devia ser.

Emma deixou o rei no chão e ficou em pé. Respirou fundo.

— Era uma vez — disse Emma com uma voz imponente.

E, ao serem pronunciadas essas três palavrinhas, a sala ficou em silêncio.
Estavam todos à espera.

Vinte e três

— Era uma vez — disse Emma de novo —, não muito tempo atrás, ou, sim, muito tempo atrás, um ou outro, ou então ambos, se preferirem, mas enfim... era uma vez. Era uma vez um menino.

Emma se juntou a Jane e Martha atrás da mesa, e Martha levantou o menino-fantoche para que ele aparecesse acima do tampo da mesa virada.

O menino viu os rostos na plateia olhando-o fixamente. Sentiu-se como quando estava nas garras do pássaro: tomado de fascinação e alegria.

Todos aqueles rostos esperando!

— Este menino — disse Emma — sentia que estava predestinado a realizar grandes façanhas.

Sim, pensou o menino.

— E, um dia, o menino que se sentia predestinado a grandes façanhas encontrou uma menina.

Jane Twiddum levantou a menina-fantoche.

A menina não teve muito tempo para pensar na plateia nem no que estava acontecendo, porque a próxima frase que Emma falou foi:

— E, tragicamente, a menina era mantida como prisioneira por uma loba.

A loba, na mão de Martha, surgiu de repente acima da mesa e atacou a menina, com uma série de rosnados e grunhidos.

A plateia levou um susto.

A loba via sua sombra projetada na parede.

Ela parecia enorme!

Não conseguia ver seus dentes na sombra, é claro.

Mas, de resto, parecia feroz, perigosa — absolutamente, indiscutivelmente uma loba.

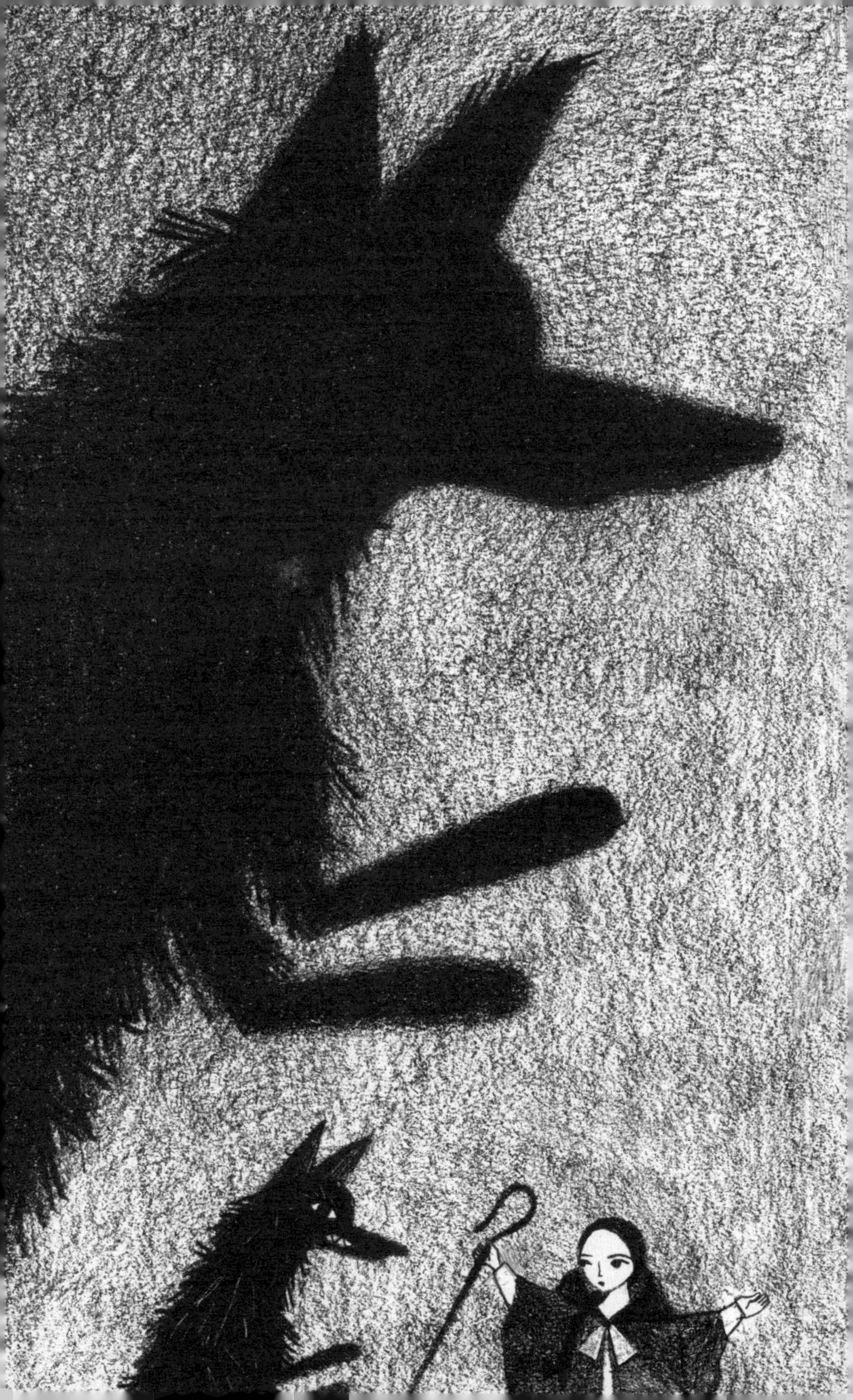

Martha soltou outro rosnado, do fundo da garganta.

A loba pensou: *Sim! Eu sou uma loba! Sou mesmo uma personagem perigosa!*

A loba continuou rosnando.

— Martha — sussurrou Emma —, pare de rosnar. Diga as falas do menino.

— Ah — disse Martha. — Certo.

Ela olhou para a folha de papel ao lado dos joelhos. Limpou a garganta.

— Solte-a imediatamente! — ela fez o menino-fantoche dizer.

— Mas a loba não soltou — disse Emma. — E, então, o menino que se sentia predestinado a grandes façanhas agiu. Ele atacou a loba!

Martha fez o menino se jogar contra a loba.

Ela soltou muitos rosnados e resmungos. Também fez o menino-fantoche dizer:

— Tire suas patas sujas de cima dela, vilã! — Essas palavras não estavam escritas, mas Martha as disse assim mesmo.

— Parem com isso — falou Jane Twiddum, fazendo a voz da menina-fantoche. — Eu não preciso ser resgatada.

— Mas o menino que se sentia predestinado a grandes façanhas não deu ouvidos à menina — disse Emma. — E a resgatou mesmo assim.

— A loba foi derrotada! — gritou o menino.

Martha baixou a loba, tirando-a do palco.

— E, então, lá estavam a menina e o menino juntos no bosque — disse Emma.

— Eu salvei você — falou o menino.

— Se é nisso que você quer acreditar — disse a menina. — Eu teria dado um jeito de me resgatar sozinha.

— Eu salvei você de um fim terrível, e agora estamos unidos por um laço, você e eu.

A menina riu dele.

— Não ria de mim — disse o menino. — Em vez disso, venha desbravar o mundo comigo.

O menino estendeu a mão para a menina.

— A menina olhou para ele — disse Emma — e viu que o menino era gentil e bondoso, apesar de ser um pouquinho ridículo e convencido. Ela deu a mão para ele e seguiram juntos.

Emma levantou um sol de papelão, deixando-o bem acima da menina-fantoche e do menino-fantoche.

— E o sol brilhou sobre eles — falou Emma. — E a lua brilhou sobre eles também.

Emma baixou o sol e levantou uma lua pintada.

— E a menina e o menino ficaram juntos sob o sol, sob a lua, sob as estrelas. Sempre que olhavam para cima, viam alguma luz brilhando sobre eles.

Emma levantou duas estrelas prateadas.

— Estavam felizes, a menina e o menino, embaixo do grande céu do mundo. Estavam felizes juntos.

Do outro lado da mesa virada, veio um suspiro coletivo.

Todos estavam com os olhos fixos na menina e no menino.

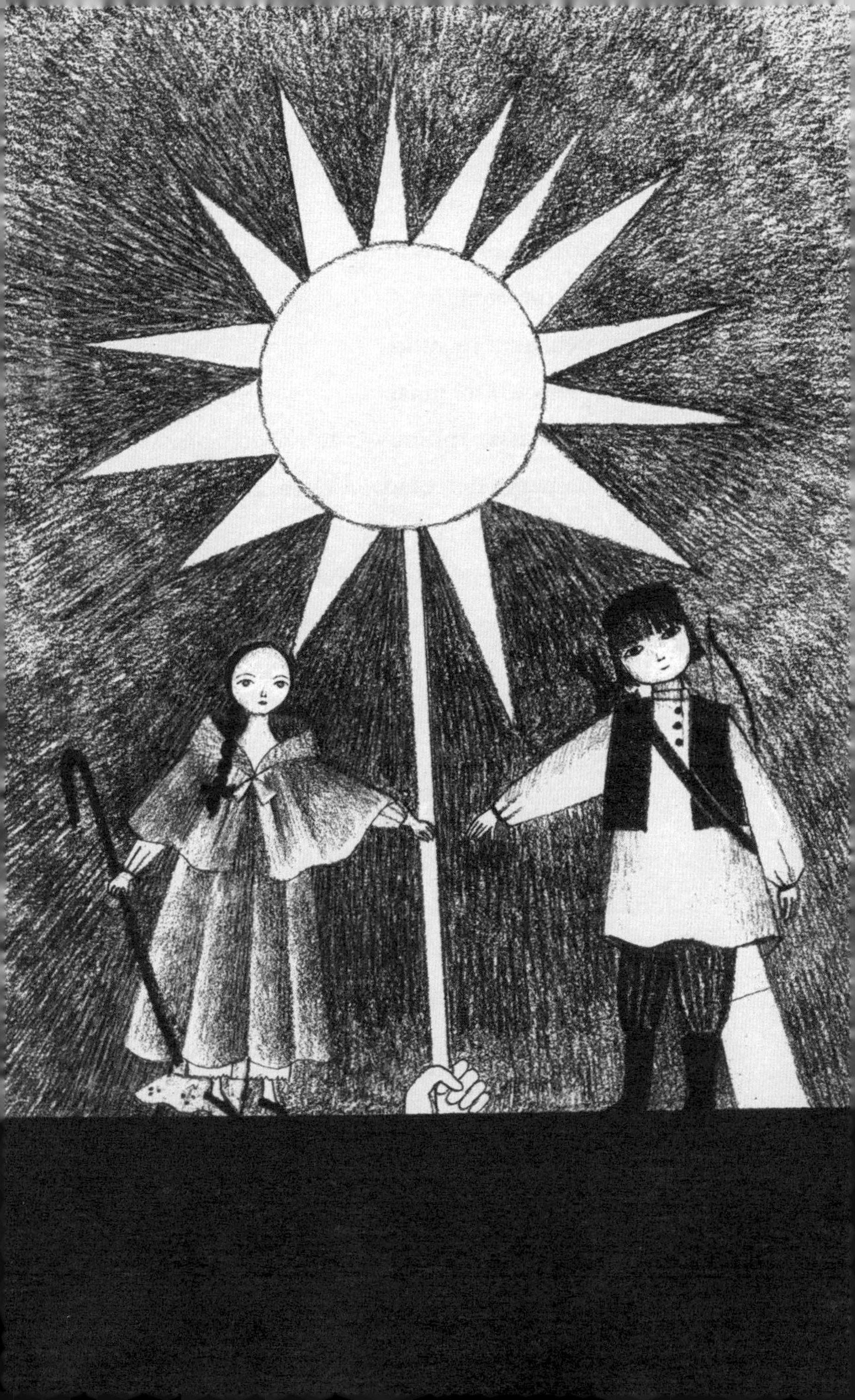

Alguma coisa estava acontecendo na sala azul. As pessoas se inclinavam para a frente. Estavam ouvindo com atenção.

Isso, pensou o menino.

Isso, pensou a menina.

— Mas — disse Emma — a loba não tinha sido completamente derrotada, é claro. Pois as lobas nunca são derrotadas.

Ela deu um cutucão em Martha, que soltou um rosnado ameaçador.

— A loba — falou Emma — estava em algum lugar, tramando sua vingança.

Isso!, pensou a loba, enquanto Martha a levantava até a beirada da mesa, deixando aparecer só suas orelhas e o focinho. Martha fez com que a loba olhasse para a esquerda e para a direita, e depois desaparecesse.

As pessoas na plateia deram risada.

— Fim do Primeiro Ato — anunciou Emma.

A plateia aplaudiu.

Vinte e quatro

Atrás da mesa, Emma, Martha e Jane Twiddum estavam ajoelhadas lado a lado.

Martha sorria.

Emma tinha a respiração pesada. Seu rosto estava vermelho.

— Estão ouvindo? — pergunta para Martha e Jane.

— Ouvindo o quê, senhorita? — perguntou Jane Twiddum.

— Eles estão prestando atenção. Estão escutando a história que estamos contando para eles.

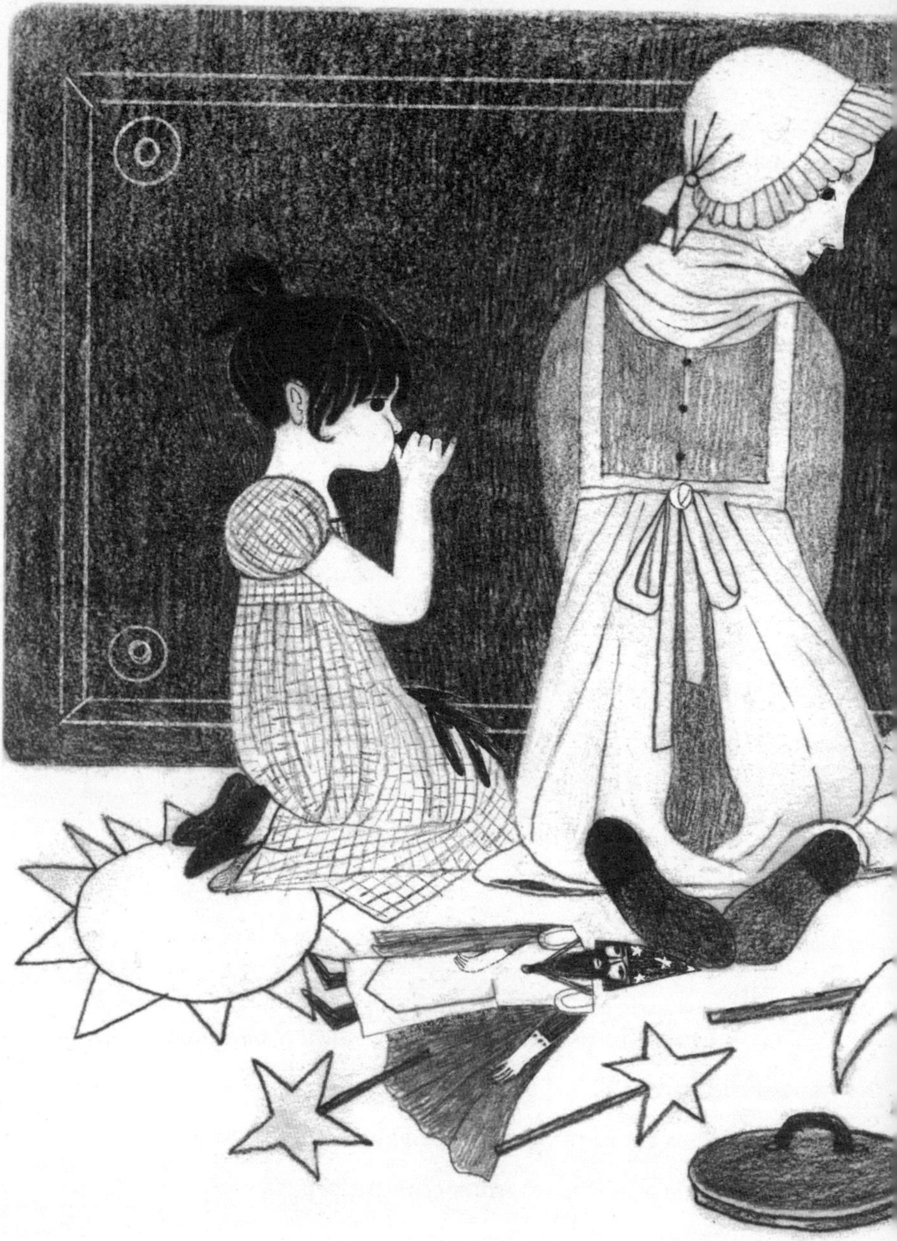

— É um mistério sombrio e terrível — disse Martha, num tom de satisfação profunda. Pôs o polegar na boca.

O rei, ainda com o chapéu de mago na cabeça, estava deitado no chão. Não tinha tido a chance de dizer uma única palavra. Não havia lançado nem um único feitiço. Estava decepcionado com tudo aquilo. Queria sua coroa de volta.

Mas a loba! A loba estava apaixonada pelo palco. Estava boquiaberta com o tamanho de sua sombra na parede, com os sons ferozes que fazia, com a expressão de espanto da plateia quando ela entrou em cena. Todos tinham pavor dela! E deviam ter mesmo, porque todos os dentes dela estavam de volta à boca, apesar de um pouco tortos. A loba nunca se sentira tão feliz.

Já a menina-fantoche e o menino-fantoche ainda sentiam os olhares da plateia voltados para eles, embora estivessem escondidos atrás da mesa.

Eu vi todos eles, pensou a menina. *Sou boa de enxergar, como Jane Twiddum disse. Estive sob o sol e a lua e as estrelas, e vi todos aqueles rostos, vi cada um deles.*

Estão olhando para nós, pensou o menino, *e com certeza estou predestinado a fazer alguma coisa extraordinária.*

A coruja, é claro, não tinha feito nem dito nada. Ainda estava na mão de Jane Twiddum.

Jane de repente deu uma sacudida na coruja, agitando suas penas.

Suas penas! Suas asas!

Oh, como o vento tinha soprado nelas!

A coruja estava pouco se importando com aquela peça. Queria voltar para a colina.

— Chegou a hora — disse Emma.

Ela ficou de pé e foi para a frente da mesa.

— E agora começa o Segundo Ato — disse Emma.

Vinte e cinco

Jane Twiddum levantou a menina-fantoche acima da mesa.

Martha levantou o menino.

– O menino – falou Emma – acreditava que estava predestinado a realizar feitos heroicos e, por isso, disse para a menina...

Nesse ponto, Emma fez uma pausa e esperou.

– Martha – ela sibilou.

Martha limpou a garganta e disse:

–Você e eu somos felizes. Mas seus pais acham que eu não sou digno de você. Vou provar o meu valor para eles, para você, para todo mundo. Vou partir num navio. Vou realizar grandes façanhas. E depois retornarei para você.

— Não seja ridículo — falou a menina. — Você é feliz aqui. Nós somos felizes juntos, e isso em si já é uma grande façanha.

— Sim, sim. Mas vou provar para todo mundo que sou excepcional, que tenho um destino grandioso pela frente — disse o menino.

— Assim que ele pronunciou essas palavras sobre o destino — falou Emma —, apareceu uma coruja.

Ouviu-se então o roçar de penas e houve uma pequena pausa, enquanto Jane Twiddum tentava deixar a coruja-fantoche virada para o lado certo e levantada bem alto acima da mesa.

— A coruja — continuou Emma — proferiu grandes palavras de sabedoria, como as corujas de vez em quando fazem.

De vez em quando?, pensou a coruja.

E então Jane Twiddum estava batendo suas asas e falando por ela numa voz grave e triste.

— Se você partir — disse a coruja —, só vai se arrepender.

A coruja sentiu um calafrio. Que palavras sábias!

E quem tinha falado essas palavras? Ela própria.

A coruja bateu as asas e desapareceu do palco.

— Mas o menino não prestou atenção. E, de qualquer modo, ele não acreditava em corujas falantes — disse Emma. — Por isso não deu ouvidos às palavras sábias da coruja. Também não ouviu a menina que o amava. Ele partiu.

Emma pigarreou.

— Ele partiu — disse ela mais uma vez.

— Ah, sim. Desculpe — murmurou Martha. Então ela gritou, na voz do menino: — Agora vou provar o meu valor! Vou navegar pelos sete mares e me tornar um herói!

Ela baixou o menino-fantoche, retirando-o do palco.

A menina-fantoche ficou sozinha, olhando para a plateia.

A menina via o rosto das pessoas. Via as paredes azuis da sala, as janelas altas que davam para a escuridão. No céu preto mais além, havia alguns pontinhos de luz. Estrelas.

É tudo tão bonito, pensou a menina. *O que será que vai acontecer depois?*

Jane Twiddum começou a cantar.

> *Você partirá e eu ficarei.*
> *É assim a nossa história.*
> *Você sairá em busca*
> *de fama, de glória.*
> *Você partirá*
> *e eu ficarei.*
> *Mas o destino é traiçoeiro.*
> *Chegará talvez um dia*
> *em que você me procurará*
> *e não mais me encontrará.*
> *Mesmo assim, você partirá.*

*Você partirá e
eu ficarei.*

A voz de Jane Twiddum preencheu a sala. *Estou cantando,* pensou a menina-fantoche. *Estamos cantando juntas.*

Quando a canção terminou, Jane Twiddum baixou a menina e ouviu-se um grande estrondo de trovão. Emma batia duas tampas de panela. Ela pôs as tampas no chão, depois pegou o rei com seu chapéu de mago e o fez subir no palco.

— Onde está esse menino que partiu em busca de seu destino e para realizar grandes façanhas? — quis saber o mago.

Emma deu um chute em Martha. Martha levantou o menino-fantoche acima do palco.

— Ouça bem! — disse o mago, numa voz trovejante. — Uma maldição agora paira sobre você: quando pisar em terra firme, morrerá com o coração partido.

Emma baixou o mago.

Martha baixou o menino.

E Emma bateu as tampas de panela de novo.

De repente, um silêncio terrível espalhou-se pela sala.

Era como se todos estivessem prendendo a respiração.

Emma ficou em pé. Foi para a frente da mesa.

— Fim do Segundo Ato — ela anunciou.

Atrás da mesa, Martha disse para Jane Twiddum:

— Isso até que é bem divertido.

Jane Twiddum tinha os olhos arregalados. Olhava para além de Martha, para além das paredes da sala azul. Era como se olhasse para o mar.

"*Se você partir, só vai se arrepender*", pensou a coruja. *Essas são as palavras que eu falei. São palavras repletas de sentido. Parecem quase poesia.*

Sim, pensou o rei com seu chapéu de mago, *um mago é um personagem bastante poderoso. Vejam só, até lancei uma maldição.*

Já o menino pensou: *Agora vou partir num navio e me tornar um herói.*

No corpo e na alma da menina-fantoche, a canção que ela cantara com Jane Twiddum ainda ecoava. Ela sentia cada palavra, cada nota. E enxergava, nos olhos da mente, as estrelas no céu noturno e também cada rosto na plateia.

E a loba?

A loba estava deitada no chão, pensando se ainda teria a chance de atacar alguém de novo antes do fim da história.

Esperava muito que sim.

Afinal, seus dentes eram extremamente afiados.

Apesar de um pouco tortos.

Vinte e seis

– Terceiro ato – anunciou Emma. – O menino ignorou o sábio conselho da coruja. Recusou-se a acreditar na maldição do mago. Não ouviu a canção da menina que o amava. O menino partiu num navio.

Emma levantou ondas pintadas, feitas de papelão. Acenou com a cabeça para Martha, que levantou o menino acima das ondas.

– O menino partiu em busca de fama, fortuna e glória. Partiu para realizar grandes façanhas. Às vezes, quando olhava para o mar, o menino pensava ter visto a coruja que lhe falara sobre destino e arrependimento.

Jane Twiddum fez a coruja cruzar o palco voando.

— Se você partir, tudo o que terá é arrependimento — disse a coruja.

A coruja desapareceu.

— E, às vezes — falou Emma —, o menino ouvia sua amada cantando para ele.

A menina-fantoche surgiu pairando em um canto do palco e cantou as últimas palavras de sua canção: *Você partirá e eu ficarei*.

Em seguida, a menina desapareceu.

Emma bateu as tampas de panela, depois levantou o mago, que disse:

— Uma maldição. Uma maldição. Uma maldição paira sobre você.

Ela baixou o mago de novo.

— O menino continuou navegando, procurando, procurando, procurando. Virou um homem. E então, em algum momento, virou um velho.

Emma cutucou Martha com o pé, e Martha baixou o menino-fantoche, enquanto Emma espalhava talco na cabeça dele. Ela fez sinal com a cabeça para Martha, que levantou o menino de novo acima da mesa e das ondas pintadas.

— Agora, o menino era um velho. Estava a bordo de seu navio, olhando para o mar e sentindo apenas tristeza. Pois ele tinha ido embora de um lugar onde era feliz, e saíra em busca de algo que nunca encontrara.

Emma baixou as ondas, e no palco não restou nada além do menino-fantoche coberto de talco, parecendo um fantasma, olhando para a plateia.

— O menino que tinha virado um velho voltou para casa — disse Emma — e, no instante em que pôs o pé em terra firme, sentiu a maldição que pairava sobre ele. Era como se uma sombra escura e faminta o seguisse aonde quer que fosse.

Martha levantou a loba-fantoche e a fez ficar muito perto do menino.

Toda a sala azul ficou em silêncio.

Emma sussurrou:

— Martha, você tem uma fala.

— Não quero dizer isso — Martha sussurrou de volta.

— Diga — sibilou Emma.

Martha revirou os olhos. Mas leu as palavras como Emma as tinha escrito.

— Meu amor, onde está você? Voltei para casa.

— Ninguém respondeu — disse Emma. — Ninguém sabia dizer aonde tinha ido o amor da vida dele. O sol nasceu e se pôs, e a lua também. As estrelas brilharam. O velho capitão de navio ficou sozinho sob o sol e a lua e as estrelas. Exceto pela sombra faminta, é claro, que estava sempre à espreita.

Certa noite, a coruja que tinha falado com o menino no bosque, muito tempo atrás, apareceu de novo.

Jane Twiddum levantou a coruja, que cantou: *Chegará talvez um dia em que você me procurará e não mais me encontrará,* e depois desapareceu.

— Aconteceu exatamente como o mago havia prometido — disse Emma. — A coisa escura que vinha seguindo o homem finalmente o atacou, e o homem morreu de coração partido.

Martha fez a loba atacar o menino. Ela rosnou e grunhiu.

E então ambos os fantoches desapareceram do palco.

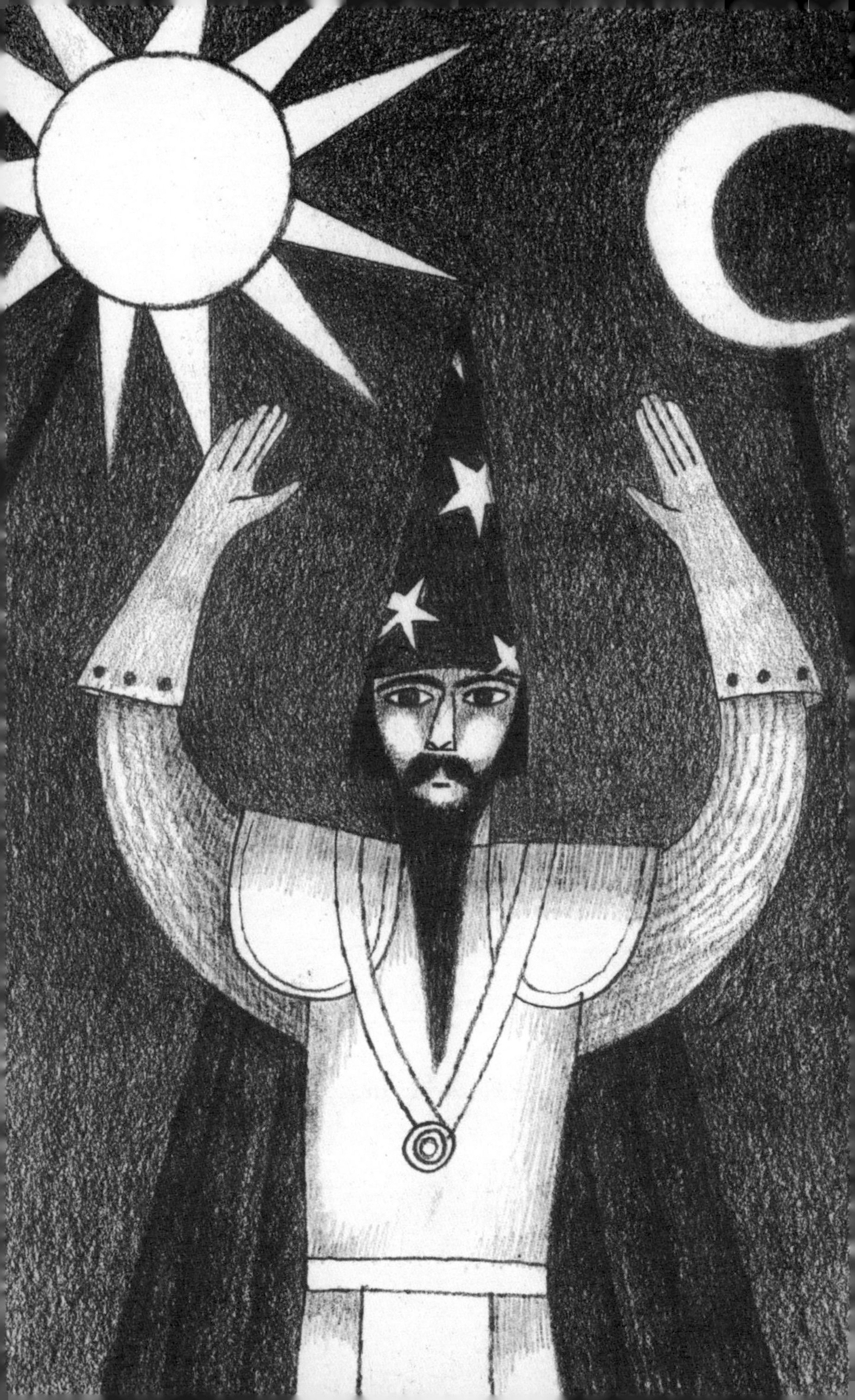

Emma levantou o mago bem alto.

Sussurrou para Jane Twiddum e Martha:

— Peguem o sol e a lua e as estrelas. Vocês têm que levantar todos ao mesmo tempo.

Martha ergueu o sol e a lua, e Jane Twiddum ergueu as estrelas.

O mago olhou para as pessoas na plateia. Disse:

— Agora, lançarei uma bênção sobre todos vocês. Uma bênção, não uma maldição. Que vocês sempre olhem para a lua e as estrelas e o sol com fascinação. Que sigam sua jornada neste grande e vasto mundo. E, seja para onde forem, que amem sem arrependimento, pois essa é a maior glória que existe.

De algum lugar na plateia, veio um som abafado de choro.

Vinte e sete

— Acabou? — perguntou Martha. Ela segurava a lua e o sol. A loba e o menino estavam a seus pés.
— É o fim?

— Espere — sussurrou Emma.

E então, do outro lado da mesa, veio o som de aplausos.

Emma ficou em pé e falou:

— Tio, por favor, acenda as luzes. — Depois se virou para Jane e Martha e disse: — Agora podem se levantar.

Jane e Martha se levantaram.

Jane segurava a coruja e a menina.

Martha segurava a loba e o menino.

Emma segurava o rei, com seu chapéu de mago.

— Façam uma reverência para a plateia — disse Emma.

As três inclinaram o corpo para a frente, em reverência.

Os aplausos continuaram.

A loba falou em voz alta:

— Foi até melhor que o meu sonho de sair correndo pelo bosque.

E o menino comentou:

— Fizemos uma coisa maravilhosa, importante.

❋❋

Logo em seguida, uma velha senhora, de vestido verde de seda, veio até Emma e disse:

— Imagino que você seja a autora da peça.

— Sim — respondeu Emma.

— Muito bem escrita — falou a mulher. — Muito divertida, muito comovente.

A mulher olhou para o vazio atrás de Emma e comentou:

— Já tive um amor que partiu num navio em busca de glória. Penso nele até hoje. Nunca me esqueci dele, jamais.

Emma olhou para o rosto da mulher.

Os olhos dela eram violeta. E estavam cheios de luz.

❁❁

— Você tem uma voz excelente, Jane Twiddum — disse o tio das meninas.

— Obrigada, senhor, de verdade — falou Jane.

— É o tipo de voz que deveria estar brilhando num palco — ele insistiu.

Jane sorriu e dobrou os joelhos em cortesia.

— Sim, senhor — ela respondeu. — Se o senhor diz.

Ela dobrou os joelhos de novo.

Vinte e oito

Os fantoches estavam alinhados lado a lado em cima da lareira.

A festa já terminara fazia tempo.

Martha e Emma estavam dormindo.

A sala azul estava escura, mas o amanhecer vinha chegando. Pelas janelas, começavam a aparecer os contornos dos galhos nus das árvores.

A coroa do rei estava de volta à sua cabeça.

O chapéu de mago estava a seu lado.

— Abençoei todos eles — disse o rei. — Abençoei todo mundo na plateia. Abençoar é um ato bastante digno de um rei.

— Eu pronunciei palavras sábias — disse a coruja. — Minhas palavras foram ignoradas, mas eu as falei. E voei. Voei pelo palco.

— Você pode cantar a canção de novo? — perguntou o rei para a menina-fantoche.

— Qual delas? — quis saber a menina. — Eu sei três canções. Sei a canção sobre coisas que ninguém quer. Sei a canção que Jane Twiddum cantou para si mesma. E sei a canção que Jane e eu cantamos juntas na peça. Sei de muitas canções.

— Cante todas — propôs a loba. — Assim vamos poder nos lembrar de tudo o que aconteceu conosco.

— É como disse o homem da loja de brinquedos — falou o menino. — Estivemos juntos numa história.

— Alguém notou minha sombra na parede? — indagou a loba, em sua voz estranha de dentes tortos. — Eu tinha três metros de altura, talvez até mais.

— Será que vai ter outra? — perguntou a menina.

— Outra o quê? — disse o menino.

— Outra história — falou a menina.

— Tem que ter — concluiu o menino. — Deve ser justamente esse o objetivo, o propósito. Temos que ser parte de histórias e mais histórias, de infinitas histórias.

A menina olhou pela janela para o contorno das árvores. Viu algumas estrelas cravadas no céu por entre os galhos.

Infinitas histórias — vê-las se desdobrarem, ser parte desse desdobramento, que bênção seria.

— Você pode cantar, por favor? — disse o rei.

— Todas as canções — completou a coruja.

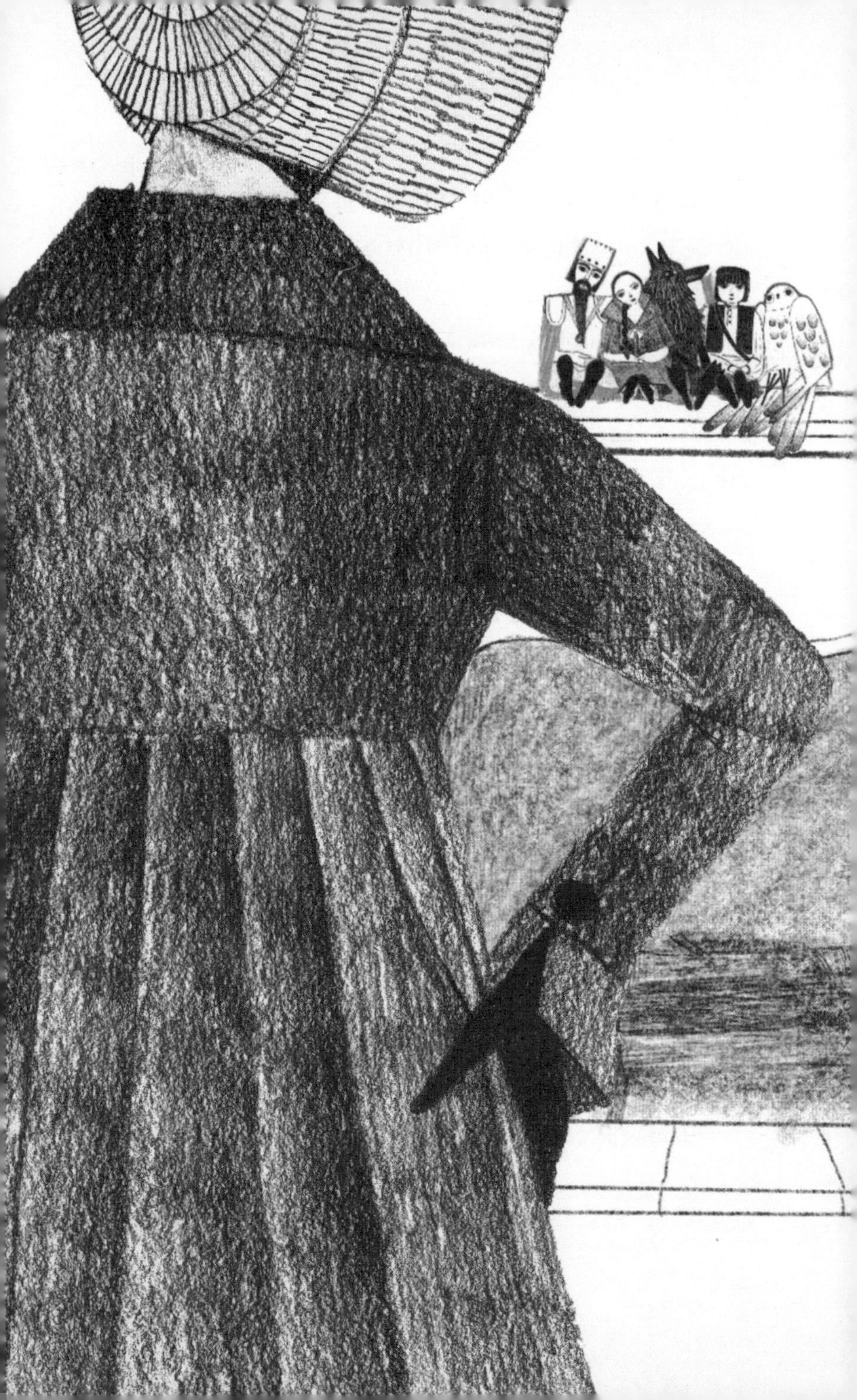

A menina-fantoche cantou até Jane Twiddum chegar para acender a lareira.

Só que Jane Twiddum não acendeu a lareira. Não vestia o uniforme de empregada.

Em vez disso, usava um chapéu e um casaco de viagem.

Ficou parada diante dos fantoches, com as mãos nos quadris.

Eles olharam para ela, e ela os olhou de volta.

— Ora. Um absurdo atrás do outro — disse Jane. — Não é mesmo?

Fez-se um longo silêncio na sala azul.

— Mas estive pensando no tempo entre um absurdo e outro — acrescentou Jane. — E que não há tanto tempo assim a perder.

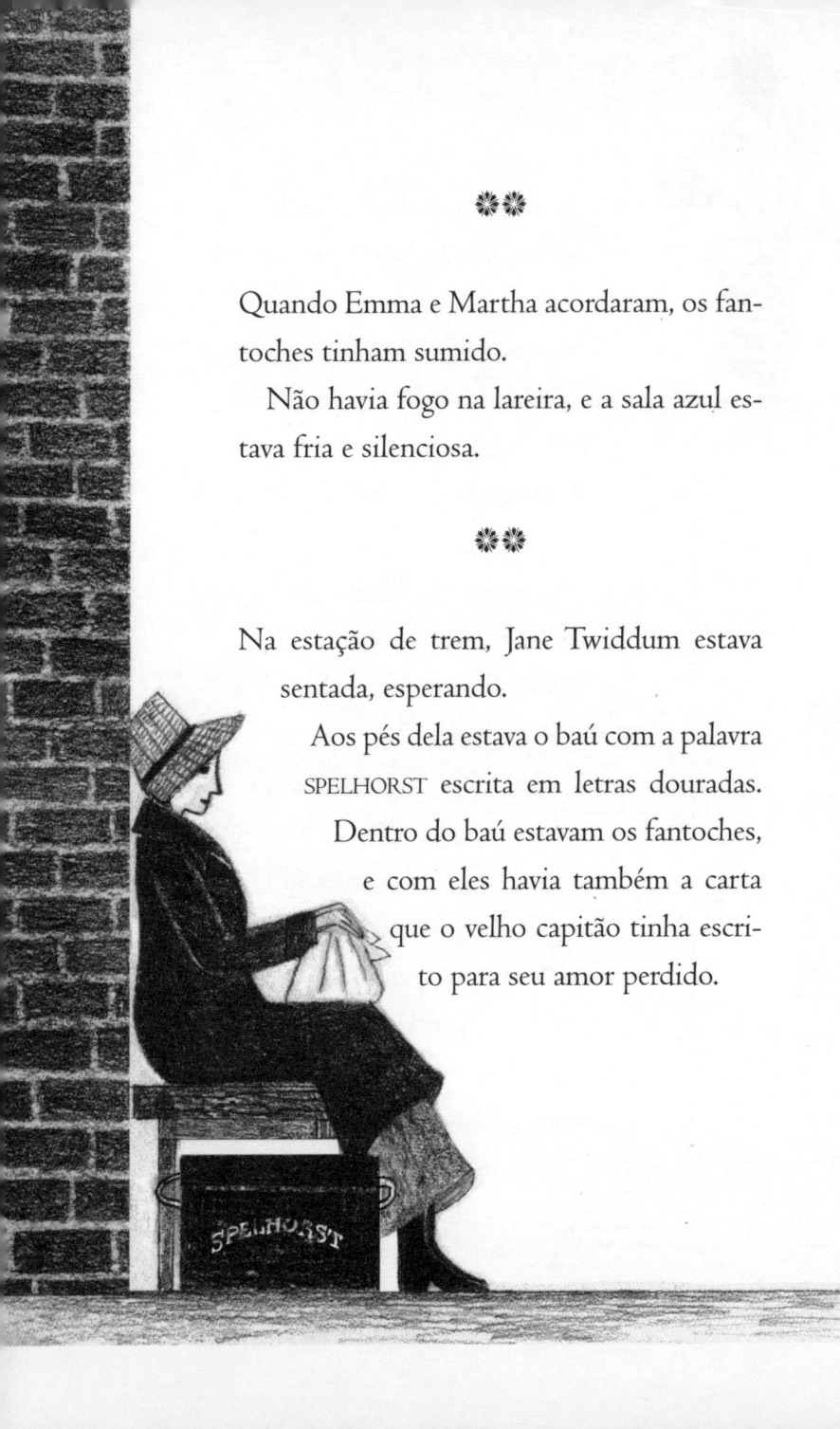

❋❋

Quando Emma e Martha acordaram, os fantoches tinham sumido.

Não havia fogo na lareira, e a sala azul estava fria e silenciosa.

❋❋

Na estação de trem, Jane Twiddum estava sentada, esperando.

Aos pés dela estava o baú com a palavra SPELHORST escrita em letras douradas.

Dentro do baú estavam os fantoches, e com eles havia também a carta que o velho capitão tinha escrito para seu amor perdido.

Minha querida Annalise,
Você nunca vai ler estas palavras, mas sinto-me obrigado a escrevê-las mesmo assim. Eu estava enganado. Parti em busca de glória e fama — para impressionar você, para impressionar seus pais, para impressionar a mim mesmo.

E, em algum momento, não sei quando, parei de olhar para o céu com fascinação. O que significa que deixei de amar.

Eu me arrependo, Annalise.
Oh, como me arrependo.

Um trem entrou na estação com um estrondo.
Jane Twiddum sorriu.
Ficou em pé. Olhou para o baú.
— Muito bem — ela disse. — A lua e as estrelas e o sol e o grande e vasto mundo estão à nossa espera, queridos. Temos que partir.

※

Coda

— Você se lembra dos fantoches? — perguntou Emma certa noite, quando estava visitando Martha. — Lembra que nós apresentamos uma peça?

As irmãs adultas estavam sentadas juntas em frente à lareira, na sala azul.

— Claro que lembro — disse Martha. — Tinha uma loba, um rei, uma menina e um menino.

— E uma coruja — acrescentou Emma.

— Ah, sim — disse Martha —, e uma coruja.

— Depois disso, Jane Twiddum desapareceu — falou Emma. — E os fantoches desapareceram também.

O fogo estalava e espocava.

Chovia lá fora. O vento batia nas janelas.

— Gosto de pensar que Jane Twiddum pegou os fantoches e rodou o mundo apresentando peças — disse Emma. — Não seria lindo?

— Sim, sim — falou Martha. — Acho que tudo é possível.

— Vou escrever uma história sobre isso, quem sabe — disse Emma numa voz sonhadora. — Quem sabe vou escrever sobre os fantoches e sobre Jane.

— Acho que todos eles iam gostar — disse Martha. Ela ficou em silêncio por um instante, depois completou: — Não se esqueça de mencionar, na sua história, que a loba tinha dentes afiados… dentes extremamente afiados.

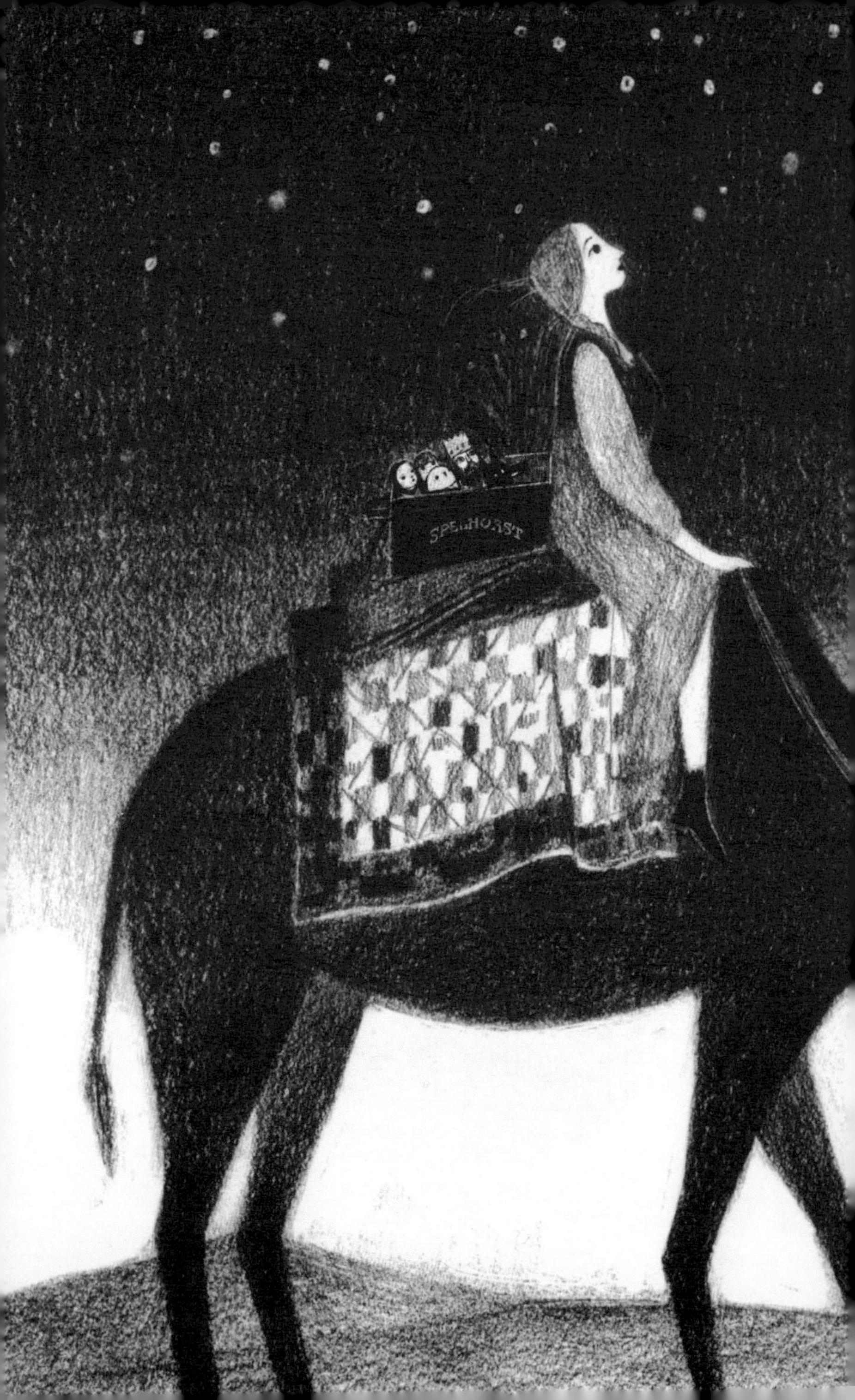
SPELHORST

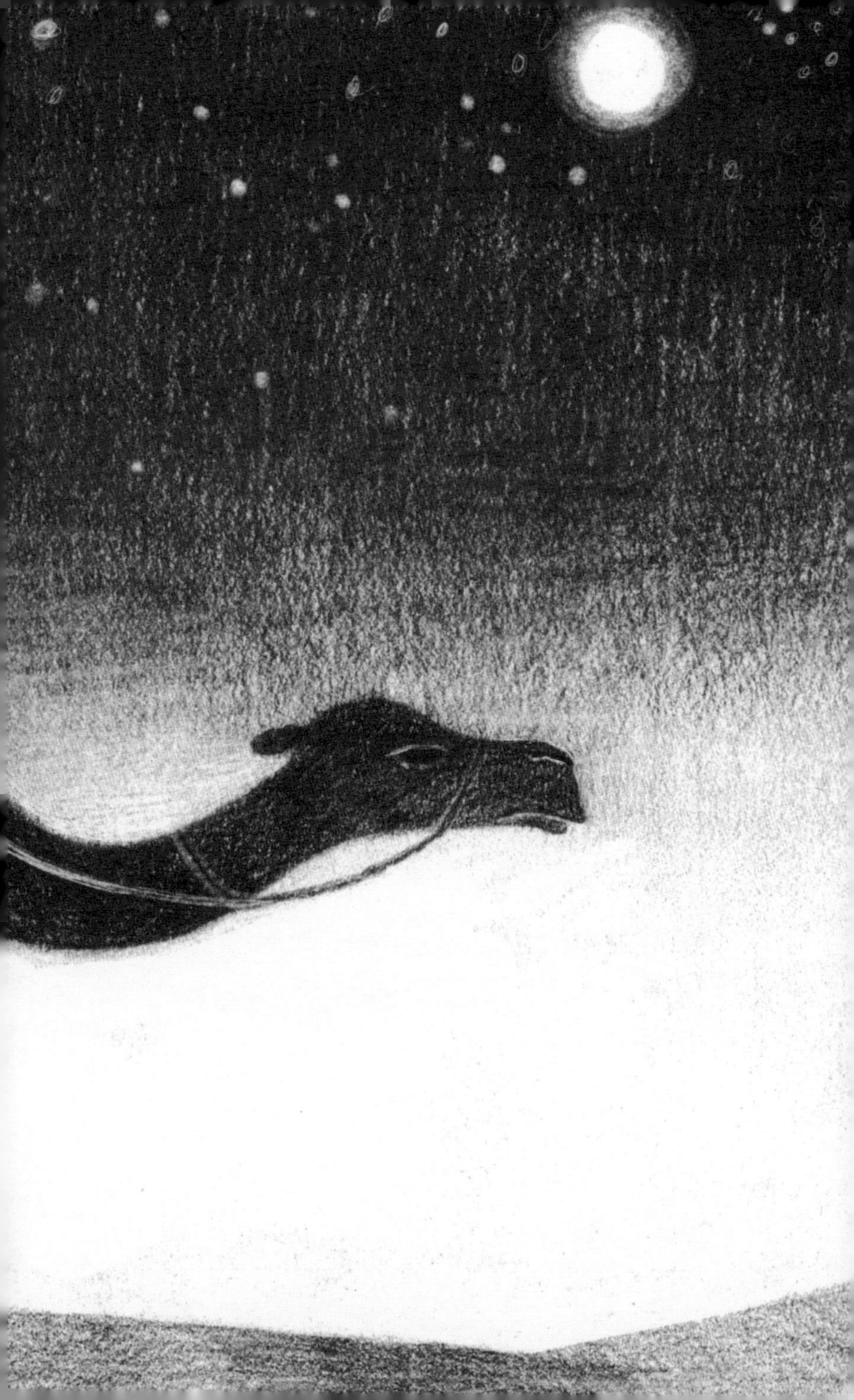